JN001658

DTP＝七守　悠
装　丁＝中田舞子

幸福の森

千年砂漠

ステキブックス
011

序章

最初、卓也(たくや)はそれを家の壁だと思っていた。

山中にある洋館風の家に住んでいると彼はエッセイに書いていたので、木々の間にちらりと見えた赤レンガが洋館の壁だと思ったのだ。

それにしては窓が見当たらない。

霧雨の降る中、周囲の木々は意地悪く枝を伸ばし葉を茂らせて卓也の視界を妨げ、壁の全容をなかなか掴ませてくれなかった。

近づいて見て、ようやく卓也は自分の誤解に気づいた。

窓などないはずだ。赤レンガは家屋の壁でなく、敷地の内と外を区切る塀だったのだ。いや、塀と言うには高すぎる。卓也の身長の三倍はありそうなこれは、やはり壁だ。

山の一部、とはいえそれなりに広い土地を所有してその中に住み、隣人との境界や騒音で悩んだり揉めたりすることなど絶対にないはずなのに、この高すぎる壁は何のためなのだろう。防犯としと言うなら、彼は噂以上に人間嫌いの変人かもしれない。やっかいなことだ。

卓也はため息をついてネクタイを締め直すと、門の前に立った。

表札は掛かっていないが、ここに間違いはないだろう。


古びた木製の扉は固く閉ざされていて押しても引いても開かず、中の様子は窺えなかった。

どうしようかと周りを見回すと門の脇にインターフォンがあり、呼び出しボタンを押すと女性の声で返答があった。

「あの、家庭教師のアルバイトの面接に参りました、津田卓也と申しますが」

ああ、と喜色を帯びた声が返ってきて、卓也は安堵した。

「お待ちしておりました。今、門を開けますからどうぞ中へお入りください」

見た目重々しい扉が音もなく開く。壁や扉の古さに騙されたが、よく見ると警備会社のセキュリティーシステムが導入されている。別にやましいところがある訳ではないが、壁の上に取り付けられている防犯カメラを妙に意識してしまう。

カメラをチラチラと上目遣いに見ていた視線を開いた扉の中へ移して——唖然とした。

常識で考えれば門の内側は家の敷地、当然『庭』を想像していた。

しかし、これは『森』だ。

空を隠し光を遮る葉を茂らせた木々。枝から重く滴る雨垂れ。今の今まで歩いてきた風景と何ら変わりはない。塀を隔てて尚、森が続いている。

卓也は軽い眩暈を感じ、よろけるように門の中へ進んだ。

この森はどこまで続いているのだろう。出口は。

あるのか。

卓也は思わず門を振り返る。

いつの間にか門は閉じられていた。森の中の——自然の中の人工の目が、卓也を冷ややかに見下ろしている。防犯カメラに点るランプがひと際赤く、瞬いた……ような。

卓也は踵を返して歩き出した。水溜りを避けて通る余裕すらなく、森の出口と思われる方角に向けて、知らず知らずの内に早足になっていた。

第一章

1

音のない雨が降り続いている。

いつもならこの程度の雨なら傘は差さない。傘を差すのは面倒だし、何より雨に濡れて歩くのが好きだった。

しかし今日は重要な目的のために一着しかないスーツを着ているので、濡れる訳にはいかなかったのだ。

自宅から面接のため訪ねる家の最寄り駅まで、途中乗り換えなどを含めて電車で一時間半。その後は駅前からバスに乗った。

駅前は店も人も多く賑わっていたが、バスで山の方に向かうにつれて人家が少なくなっていった。

駅前から乗車して約四十分。もらった地図に書かれていた指示通りに、終点の停留所で降りる。

そこは山際まで田畑が広がり農家らしい家屋が点在している、昔からの農業地域であるらしかった。華やかな駅前から物理的距離も雰囲気も遠い、田舎の風景だった。

『バスの終点から先は交通機関がありませんので、駅前からはタクシーのご利用をお勧めします』

地図にはそう注意書きがあったが、金の節約のためバス停からは歩いた。

予め電車とバス、その先の徒歩での移動にかかるであろう時間を調べて計算して、その上で時間の余裕を持って出てきていた。が、計算外だったのは、訪ねていく家の山中の私道が思った以上に歩き難い道だったことだ。車一台分より少し広いくらいの幅で舗装もされ、木々の枝も通る車の邪魔にならない程度には手入れされているが、路上に散らばる雨に濡れた落ち葉を踏んで滑り、一度転びそうにもなった。

道端の雑草も歩くには邪魔だし、曲がりくねっている道は所々見通しが悪い。しかも緩やかな上り坂。目的の家までの山中の道は一本道であるのに、ふと「この道で間違いないのか」と不安になる。

卓也は途中で一度立ち止まり、大きく深呼吸した。

落ち着け。自分が木の多い場所が好きでないから、些細なことでも不安や不快に感じてしまっているのだ。うまくいけばこの道を通うことになるのだから、ここにマイナスな感情を持つべきではない。そう自分に言い聞かせた。

本来、坂に上りも下りもない。『目的の場所に向かって』上りか下りか、個人の事情を優先した便宜上の呼び名があるだけだ。

坂の傾斜が変わるのではなく、立つ人間の位置の違いで全く違う道になるだけだ。

今、ここは上り坂だ。自分の人生もこんなふうに上り坂になることを願う。

これを機会に。

2

どこまで行っても木々しか見えない山中の道を進んで、ようやく家の門に辿り着き敷地の中へ入ることができたのに、庭までもが森のようだなんて卓也には悪夢のようだった。

目的の家までの私道が山林の中を通る道なのは仕方ないとしても、敷地内までこれまで歩いてきた道と変わらないとは思いもよらなかった。

行く道はうっそうとした木々に取り囲まれて暗い。傘を差しているので余計そう感じるのかもしれない。

新緑の季節、俗に『風光る五月』と言うから萌える若葉はもっと光を通すものかと思っていた。しかし実際は葉は光を遮り影を作る。これなら丸裸の冬木の方が余程明るい。

家屋へ続いているはずの車一台が通れる程度の幅の舗装路も、両脇の木々が生い茂り、通行の邪魔にならないように切られた枝が、また道を覆い隠そうとするように伸びてきている。

両側から感じる圧迫感から逃れるように、卓也は無理にも意識を前方に向ける。

振り返って後ろを見たくなかった。

振り向いたそこに、もしも入ってきたあの門が見えたら。家に向かって歩いていたはずが、少しも門のところから進んでいなかったら。そんな馬鹿げた妄想が頭にちらつく。

代わり映えのしない風景の中、緑の暗がりの中にようやく森の出口らしき明るみを見つけた時には、心底ほっとした。

安堵と共に身だしなみに気を配る余裕も生まれた。スーツは思ったほど汚れていなかったが、靴の方は泥で惨憺たる有り様だった。

こんな天気の日に、山中の道を歩いてきたのだから仕方ない。

今は一刻も早く目的地に着きたかった。


森は唐突に終わった。

急に開けた視界に飛び込んできたのは、よく手入れされた芝生の庭だった。

先程までの暗さが嘘のような明るい空気の中に、白い洋館が建っている。その足元を飾るように、色とりどりの花が花壇から溢れるほど咲き乱れていた。

想像していたよりずっと大きな館だった。二階建てとは知っていたものの、元はこの山の持ち主が山歩きをするために建てた別荘だったというから、もっとこじんまりした建物を思い描いていた卓也は、実物とのギャップに戸惑いを感じた。

よく磨かれた窓には全て洒落たカーテンが掛かり、出窓には綺麗な色の小物が置かれてあるのが見えた。個人の住宅と言うより営業中のペンションといった趣で、山中の一軒家にしては垢抜けし過ぎて違和感を覚える。

予想と違い過ぎる家を前にやや気後れしたが、卓也は息を整え、気を取り直して玄関の呼び鈴を押した。

3

応答はすぐにあった。どうやら玄関で卓也の到着を待ってくれていたようだった。

「ようこそおいでくださいました。こんな雨の中を、申し訳ございませんでした」

卓也を出迎えてくれたのは、着物姿の上品で小柄な老婦人だった。

「は、はじめまして。津田卓也です。よろしくお願いします」

「山本(やまもと)の家内の、良江(よしえ)と申します。さあ、どうぞお入りになってください」

笑顔で招かれ、卓也は傘をたたんで玄関に入った。

玄関の広さだけでも、卓也が住んでいるアパートの部屋より広い。深みのある青色のタイル敷きの床が海を連想させた。

その卓也の目の前で、海色の床を何かがツイッと横切った。

卓也は瞬きし、見た物を容易に信じられなかった。

そいつはもう一度引き返してきて、今度ははっきり姿を見せた。

「――え、魚?」

卓也の目の前をコバルトブルーの一群が通り過ぎる。

あれはルリスズメだ。その上に浮いている三匹はチョウチョウウオ。

――僕は目がどうかしてしまったのか？　いや、どうかしているのは頭の方か。

「本物みたいでしょう？」

呆然と魚たちに見入る卓也に、良江が笑いかけた。

「立体映像って言うんですって。よくできてるでしょう？」

映像？

ニセモノ？

卓也が手を伸ばすと魚たちは逃げた。その反応がとても自然で映像とは思えない。尚も手を伸ばしかけた卓也に、

「さあ、どうぞお上がりください。お疲れになりましたでしょう」

穏やかに微笑みかける良江がいる。

熱帯魚の群れに視界が揺れる。ここは海の中かと錯覚しそうになる。

泳いではいけない。歩かなければ。自分自身に言い聞かせながら、卓也は、上がり口へ向かう。

靴を脱いで上がろうとして――頭に何か触れたような気がした。

見上げると朱色の水玉模様の魚が一匹、急いで逃げていった。

まさか。錯覚にもほどがある。いくら何でも映像の魚にぶつかって感触がある訳がない。

案内に立った良江の後をついて行こうとして、卓也は何気なく玄関を振り返った。

そこには、もう一匹の魚も泳いでいなかった。

案内されたのは応接室だった。

良江が紅茶ポットに湯を注ぎながら詫びる。

「お呼びだてしておきながら申し訳ありません。主人は仕事の電話がかかってきておりまして。もうしばらくお待ちいただけますか」

「お気遣いなく。先生がいつもお忙しいのは存じております」

あら、と良江は目を見開いた。

「主人の仕事をご存じなの？」

「はい。学生時代から先生の大ファンです」

良江は目を細め、華やいだ声を上げた。

「まあまあ、どうしましょう。ファンの方をこんなにお待たせしてしまって」

気取りのない素直さが、少女のように可愛らしく思えた。かの人はそこに惚れたらしいが、分かるような気がする。

「求人広告は本名で出しましたのに、よくお分かりになりましたね」

「初めは同姓同名の方かと思いましたが、住所で分かりました。箱根の北東方面にある森深い山の一部と、その中にある洋館を買って住んでいると、エッセイに書いておられましたので」

「まあ。よく読んでくださってるのね。嬉しいわ」

良江は笑いながらティーカップに紅茶を注いで、卓也に勧めた。

香りの良い紅茶だった。卓也がいつも飲んでいるような安物のティーバッグでは絶対に出ない香りだ。おそらくグラム単位でいくらの一級品に違いない。ティーカップもまたそこらにある品ではなさそうだった。

改めて見ると、応接室の調度品も全て一流の品ばかりだった。安物にありがちな派手な自己主張がなく、落ち着いた風格の漂う品々がセンス良く配置されている。卓也と同じ年頃には、六畳一間の安長屋で無名の極貧生活を送っていたというのに。人間、成功して金ができればこんなに裕福な暮らしができるようになるものなのだ。

良江は当たり障りのない世間話をするだけで、本来の用を切り出してこなかった。彼女の年代からすれば、重要な事柄は一家の主に任せるのが当然なのだろう。

話題も尽き、いつしか二人ただ黙して面接官の登場を待つ時の中へ沈んでいった。

この家には卓也たちの他にまだ二人の人間がいるはずだが、物音どころか気配すら伝わってこない。

相変わらず雨は降り続いている。

手持ち無沙汰な感覚から意識を逸らそうと、応接室の庭側の大きな掃き出し窓へ視線を移す。

花壇に乱れ咲く花と柔らかな緑の芝生、そしてその向こうに広がる森。

暗い森だ。今日が雨で、日の光が差さないからではない。あの中に渦巻く空気そのものが暗いのだ。

その陰鬱な暗さが卓也の何かを刺激したのか、ふいに遠い昔のことを思い出した。

――なんだよ　たくやはこないのか？
――せっかくさそってやってんのに
不満顔の男の子たち。
まだ小学校に上がる前の年頃だ。
――もういいよ　たくやはこなくても
――こんなやつほっといて行こうぜ
みんな背を向けて角の取れた古い石段を駆け上がっていく。
その先には、深緑の中に見え隠れする灰色の鳥居。
神社の森だ。
森から黒い鳥が飛び立つ。
夕暮れの空を切り裂いて飛ぶ、カラス。
カラスがなくから　かあえろ
でも、誰も森から出てこない。
帰ってこない。
帰れない。

「お茶のお代わり、差し上げましょうか？」
良江に声をかけられ，卓也はハッと我に返った。

ずいぶん昔の記憶の欠片に意識を取られていたようだ。

実は卓也は幼い頃のある一時期の記憶が曖昧で、さっきのように断片的にしか思い出せない。何かのきっかけでふいに頭の中に浮かんでくるのだが、すぐに消えてしまうため、それがどういう記憶なのか、自分でも分からないのだ。

しかしさっき思い出した記憶は、自覚はないがあまりいいものではなかったようで、背中にドッと汗をかいていた。

その動揺を良江に知られないよう、卓也は無理にも笑顔を作った。

「あ、いいえ、結構です。あの、それより」

いつまでも待たされて遅くなり、暗くなってからあの悪路を帰るのだけは避けたかった。それよりはいっそ出直してくると言おうとした時、スリッパの音が聞こえてきた。

ノックと共に気忙しくドアを開き入ってきた人物を見て、卓也はバネ仕掛けの人形のように立ち上がった。

「大変お待たせして申し訳ありませんでした」

口では詫びながら少しも悪びれた様子もなく笑いかけるその人を前に、卓也は緊張で身体を強張らせた。

「い、いいえ」

自分でもおかしく思うほど、かん高く声が裏返る。

「あの、あの、僕は、いいえ、私は」

自己紹介を試みたが、極度の緊張のため言葉がうまく出てこない。

「ああ、どうぞお楽に。津田卓也さんですね？」

はい、と返事するつもりが声が出ず、ただ頷く格好になってしまった。

「はじめまして。山本正太郎（しょうたろう）と申します」

横から良江が笑って伝える。

「あなた、津田さんは『佐賀（さが）』の方もよくご存じですよ」

ほう、と目を見開いた彼に、良江が付け加えた。

「佐賀の大ファンなんですって」

「それはそれは。ありがとうございます。ずいぶん奇特な方だ」

白髪交じりの長髪を後ろで一つにまとめた紺色の作務衣姿の老人は、温厚な笑みを浮かべる。

「では、改めまして。佐賀芳文（よしふみ）です」

中学時代から憧れ続けた大作家に会えた幸福を、卓也は未だ実感として捉えることができないまま夢心地でいた。

4

佐賀芳文は幻想文学の巨匠と言われ、また一方ではエッセイストとしても定評のある作家だった。

幻想小説の方はやや難解だが、エッセイの方はとても同じ人間が書いたとは思えないほど洒脱で、出版される本全てがベストセラーになった時期もある。

筆の速さは文学界一。未だかつて締め切りを苦にした経験がないらしい。現在も二つの新聞に連載小説、五つの月刊雑誌に連載エッセイの仕事を抱えているが、締め切りの三日前には必ず原稿ができているという。

作家として申し分のない人物だが、一個人としての彼は人間嫌いの気難しい変人というのが世間の定説だった。人が多すぎるから嫌だ、と芥川賞の受賞パーティーをすっぽかしたのは有名な話で、その他奇行の逸話は数知れない。若い頃は無類の引っ越し魔で、一所に一年と住まなかったが、洋館付きの山を買ってからはさすがに落ち着いたようだ。それでも特定の人間しか寄せ付けないというから、偏屈の度合いが知れる。

密かに『妖怪』とあだ名される鬼才——佐賀芳文とはそんな作家だった。


卓也が佐賀の小説を初めて読んだのは、中学生の時だった。

卓也は元々大勢で騒ぐより一人で静かにいる方が好きな子供だった。思春期になってその性格が強く表に出始め、それとなく人との深い交流を避けるようになった。

と言っても、話しかけられれば話もするし冗談も言う。スポーツも得意ではなかったが罵られるほど下手でもなかったので、イジメの標的にはされなかった。級友たちとの会話に出しゃばらず聞き役に徹したのが良かったのかもしれない。やたら自己主張したがるこの年頃の中で、自分の意見を丁重に聞いてくれる卓也は貴重な存在だったのだろう。

もっとも、卓也にしてみれば友人たちの話はテレビやゲームなど子供っぽく俗な話題ばかりで積極的に会話に加わろうという気が起きなかっただけなのだが。不用意に反論や批判をしなかったのも無用なトラブルを避けるためだった。が、何故か周囲の人間はそれをいい方に誤解し、時々悩みの相談まで持ち込んできた。

対処法はすぐ身につけた。

悩む人間はとりあえず自分の話を聞いてもらえれば気持ちが落ち着く。それを見計らって本人が傾いていそうな方の意見を肯定してやればいい。所詮中学生が友人に打ち明けられる悩みなどその程度のものだった。

偽善カウンセラーも少々鬱陶しく思い始めた頃、図書委員を引き受けた。

昼休みと放課後に図書の貸し出し受け付けの当番があるのでみんなに敬遠される委員だったが、卓也には好都合だった。学校の図書室を利用する人間など少ないし、静寂を必要とする場所なのであまり口を利かないで済むのがよかった。当番は十日に一度ほどだったが、他のクラスの委員の分の当番まで内緒で譲り受け、週に三日は図書室に逃げ込んだ。

そこで佐賀の作品に出会った。

図書の閲覧カードの整理をしていて、一人の作家なのに小説とエッセイで借りる人数に相当な差がある名前が目に留まった。それが佐賀芳文だった。

人気のあるエッセイの方を借りなかったのは、人と同じでありたくないという反抗心だったのかもしれない。しかし、借りた小説は中学生の卓也には難解で、しかも何か得体の知れない不安感がこみ上げてくるものだった。

分からない。もう読むのは止めよう――そう思っても、理解できた先に未知の世界があるような気がして繰り返し読んでしまう。

佐賀の小説は譬えるなら『毒』だ。最初は激しい拒否反応が出る。到底受け入れられない、受け入れたくないと感情が総力を挙げて拒否する。しかし、その内に染み込んでくる強力な毒が通常の感覚を麻痺させ、つまらぬ常識から脱却できる薬に思えてくるのだ。

薬も匙加減一つで毒となる――ならば毒も薬も同じではないかと飲み込んでしまう。一度飲めたものなら、次も飲めるはずだと新たな毒に手を出す。そうして気がつけば卓也は佐賀芳文という毒の中毒患者になっていた。

佐賀がどんな人間か知りたくて、作品はもちろん第三者が彼について語ったコメント類にまで可能な限り全て目を通したが、彼の実像に迫れた感はない。特にエッセイを読むと余計迷う。とても同じ人間の頭から生み出されたとは思えないほど、文体も感覚も違う。一時期ゴーストライターがいるのではないかと噂が流れたのも頷ける話だ。

けれど、それこそを『才能』と呼ぶのだろう。凡人の感覚では理解できない才――まさに佐賀芳文が異才である証拠だと思えた。

人生の分岐点は日常の些細な事柄の中にある。

卓也が小説を書き始めたのは、高校一年の晩夏、卓也の読書感想文を読んだ担任教師に半ば強引に入部させられた文芸部で、一年上の女子部員が書いた小説を読んだのがきっかけだった。

これが最後まで読むのが苦痛なほどつまらなかった。子供じみたご都合主義の恋愛小説で、どこかの賞へ応募したらしいが落選して当然の出来の悪さだった。これなら自分の方がもっとましな小説が書ける、と生まれて初めて書いた短編小説は、心情的に分かり難いと部員の誰にも支持されなかったが、顧問である担任教師だけは好意的な評価をくれた。

——気負って難しく書こうとしなくてもいいんだよ。君の物事を見る視点は、とても鋭くて優れていると思う。それを大切にして、まずはみんなに分かりやすい表現で書く方法を探してみなさい。君は素晴らしい才能を持っている

その言葉に励まされて、卓也は書き続けた。他の部員には相変わらず内容が理解し難いと敬遠されたが、顧問だけは辛抱強く読んで細かな批評をくれた。

部員や顧問以外の人間の意見が欲しくて、高校二年の夏、全国学生文芸コンクールの小説部門へ応募した。

結果は、期待以上だった。最優秀賞は逃したが、次点の優秀賞に選ばれ、名のある文芸評論家の批評をもらえた。

『作品の内容が高校生らしさに欠けるという点で逆に評価を落としはしたが、独創力、構成力、文章力においては最優秀賞の作品と言える』

『作者がこのまま文学の道に進み、小説を書き続けることを選択すれば、何年か後、大きな権威あ

る賞で彼の名を見る可能性がある』
　褒め過ぎとも思える評価。思えばそれが良かったのか悪かったのか、卓也に夢を見させる原因になったのは間違いない。
　もしかしたら作家になれるかもしれない。あの、佐賀芳文のような。

　そして、今も尚、夢は覚めない。

　これも夢の続きだろうか。憧れのあの人がここにいる。


「津田さん？　どうかなさいましたか？」

　良江の声に、卓也はようやく十七歳の少年から現在へ返る。

「す、すみません。あの、どうも緊張してしまって」

　言い訳する声も震える卓也に、気難しい顔をしたポートレートでしか見たことのなかった大作家が柔らかく笑いかける。

「どうぞお座りください。こんな辺鄙なところまでご足労いただきまして申し訳ありませんでした」

「いいえ。こちらこそ、お忙しい時に貴重なお時間を割いていただきまして」

「私は街の暮らしがどうにも苦手で。元々田舎者ですが、生涯田舎者で終わりそうです」

　そう言う佐賀はとても七十代半ばの老人には見えないほど若々しかった。

5

アルバイトの面接に来たはずが、佐賀に誘われるままに話題は様々な方向へ逸れた。佐賀の話は山中に住む年寄りの凝り固まった独りよがりなものでなく新鮮且つ柔軟で、彼より遥かに若い卓也を感嘆させた。言葉遣いも柔らかく、卓也の話にも真剣に耳を傾ける。

本当に佐賀芳文は人間嫌いなのか？

風評と余りにも差があり過ぎる彼を前にして、そんな疑問も湧き起こる。

「あの、ところで」

話題が一区切りついたところで、卓也は本来の用件を切り出した。

「いかがでしょうか。私は採用していただけるでしょうか」

ああ、と佐賀は目を細める。

「すみません。若い人と話をするのは楽しくて、つい用が後回しになってしまった」

不意に彼は表情を引き締めた。

「まずは娘に会っていただきたいのです」

「娘……さんですか？　失礼ですが、広告には確か七歳と」

「孫のような歳ですが、娘です」

「養女なんです」

良江がひっそりと言い添えた。

「両親を亡くしたどこにも身寄りのない子で、あの子の母親と少々交際のありました私たちが引き取りましたの。私たちは子宝に恵まれませんでしたし」

「そうでしたか……。大変失礼しました。それで、お嬢さんは？」

「津田さん」

佐賀が妙に思い詰めた目で、卓也を見据えた。

「家庭教師をお願いにするにあたって、これだけはぜひとも守っていただきたいのです。幸子(さちこ)――ああ、名前は幸子といいます。その幸子のことを誰にも話さないでいただきたい。それから、ここで見聞きしたどんな些細なことも絶対に秘密にしていただきたいのです。お約束していただけますか？」

「それは採用条件でしょうか」

「絶対条件です。守れないのであれば残念ですがあなたを採用する訳にはいかない」

「守ります」

卓也の力強い答えを聞き、佐賀は安堵の笑みを浮かべた。

「奇妙に思われるかもしれませんが、最近私の私生活を取材したいと申し込んできた記者がいて、断るとどうも周りから探っている様子なのです。しかし、私は自分の作品の中以外で私生活を晒すのを好まない。私は作家であって芸能人ではないのだから」

作家の中には作品より本人の言動がうけてテレビ出演したり週刊誌を賑わせたりしている者もい

るが、彼らを暗に皮肉っているようにも聞こえた。

「ここで働くようになれば、君も目をつけられるかもしれません。その時には迷惑をかけますが、よろしく頼みます」

佐賀は軽く頭を下げ、良江の方を見た。

「幸子を連れておいで」

良江は軽く頷いて立ち上がり、卓也に会釈して部屋を出ていった。


佐賀と二人きりになったところで、卓也は広告を見た時から抱いていた疑問を尋ねた。

「あの……家庭教師は平日の昼間に週三日というお話でしたが……幸子さんは学校へは行ってないのですか?」

労働時間と相手の子供の年齢を見て、薄々事情は察して来たつもりだが、正確に把握しておかなければ対処も難しいし、後でトラブルにもなりかねない。

「……ええ、行っていません。行けないのですよ」

佐賀は右手を額に当てて、力なく俯いた。

彼の答えでは、登校拒否児童なのか病気で療養中の子なのか判断できなかった。卓也が更に問おうとした時、佐賀が深いため息交じりに告白した。

「津田さん。実は……幸子は……他人と会話ができないのです」

卓也は思わず目を見開く。

「それは、あの、聾唖ということですか？」

「いや、私たちとは普通に話します。それが私と家内以外の人間には、全くの無言状態になる」

「内向的な性格だからという訳では……」

「残念ながら違うようです。専門の病院に入院させてもみましたが、私たちにまで口を利かなくなったので連れ帰りました」

以来、医者には診せていないが良くも悪くもならないという。

「それで、これでは学校にも行けないので家庭教師を頼むことにしたのですが……続かないのです」

「え？　続かないとはどういう意味ですか」

「今まで何人も雇ったのですが、誰一人、一ヶ月ともたない。君の前の人はたった一週間でした」

「何故……」

佐賀は再びため息をついて俯き、ゆるゆると首を振った。

「さあ……誰も辞める理由をはっきり言ってくれないのです。ただ、辞めさせてくれの一点張りで……。何もしゃべらない子供の相手は素人には手に余るのかと、聾唖学校の元教師とか看護婦資格を持っている人にも来てもらいましたが同じでした」

「それでは私なんて尚更無理なんじゃありませんか？　大学で教育学を専攻していた者でも精神医学の知識がある者でもないのに」

いや、と佐賀は首を振った。

「これまで知識や経歴を優先して募集していたのは誤りでした。人には相性というものがある。まず幸子とうまくやっていけそうな人物を探すことにしたのです。なので、応募してきた方は全員面接するつもりでいたのですよ。これがきっかけになって、誰とでも会話ができるようになってくれればいいのですが」

鬼才の作家も、やはり人の子か。普通でない養女の行く末に心を痛める彼を見て、卓也は安心したような残念なような、複雑な気分になった。

「幸子を連れてきました」

ドアの向こうから声がかかる。

卓也は自然に姿勢を正した。

6

良江と手をつないで少女が部屋に入ってきた。

淡いオレンジ色のワンピースの裾が、歩くたびにふわりと揺れる。

線の細い身体。肩まで伸びた艶のある黒髪。

色白の綺麗な顔立ちをした少女だった。

笑えばもっと可愛いだろう。けれど少女は無表情のまま、良江に寄り添って卓也を見つめているだけだった。

「津田さん、この子が幸子です。どうぞよろしくお願いします」

良江が丁重に頭を下げた。悲愴な願いが感じられ、夫婦の苦悩ぶりが知れる。

卓也は良江と幸子の双方を安心させようと、精一杯の笑顔を浮かべて立ち上がり、二人にゆっくり近づいた。目線の高さを合わせるために、幸子の前で膝を折る。

「こんにちは。はじめまして。僕は津田卓也といいます。よろしく」

返事も表情の変化もなかったが、怯えて逃げられるより遥かにましだ。

「僕と一緒にお勉強するのは嫌じゃないかな？」

問いかけを無視して、幸子は卓也を見つめている。

ガラス玉の瞳だ。感情のない、無機質な、ただ光を反射するだけの。

この子はこの瞳で何を見ているのだろう。

「僕は君と仲良くなりたいんだけど、さっちゃんって呼んでもいいかな？」

「……いい」

微かな返事に、佐賀と良江が目を見開いた。

「幸子、この人が先生になってもいいかい？」

佐賀の問いかけに、幸子ははっきり頷いた。

それを見た良江が優しく幸子を促す。

「じゃあ、津田先生に『お願いします』ってご挨拶しましょうね」

佐賀が息を詰めて幸子を見守っていた。

暗く光を弾く二つのガラスの瞳が、卓也に焦点を結ぶ。薔薇の花びらのような唇が白い顔の中で咲いた。

「おねがい……しま……す」

佐賀が感嘆の息を吐いて目を潤ませた。

「まあ、よくご挨拶できたわねえ。とっても偉かったわ」

良江は何度も何度も幸子を褒め、涙ぐんだ。

喜びに弾む良江と対照的に、幸子は見事なまでに無反応だった。

良江が幸子と部屋を出ていった後も、佐賀は顔を覆って俯いたまましばらく言葉を失っていた。卓也も声をかけるのを控え、黙って座っていた。

「……済まなかったね。歳を取るとどうも涙もろくなっていけない」

佐賀は赤い目元を両手でゴシゴシ擦り、更に赤くさせた。

「あの子を引き取って、初めてだよ」

軽い興奮状態にあるためか口調がくだけ、目もギラギラと異彩を放っていた。

「初対面の人間に口を利くなんて、初めて見た」

卓也が聞いたのは、短い返事と拙いたった一言の言葉だ。その一言ですら他人に向かって発せられなかったかと思うと、彼女の病の深さが分かる。佐賀夫妻の苦悩はその深度と比例しているだろう。

「君に決めた。雇用条件を少し変更したい」

佐賀はテーブルに雇用契約書を広げる。

「週三日、一ヶ月で二十万という話だったが、土曜日にも来てもらえるなら月三十万としたいのだが」

随分魅力的な数字だったが、卓也は迷いもなく断った。

「週三日に土曜日も加えて、二十万で結構です」

怪訝な顔をする佐賀に、卓也はここが勝負時とばかりに身を乗り出して申し入れた。

「その代わり、私にチャンスをください」

「チャンス？　何のだね」

「実は、私は作家になりたいんです。ですから、先生がご存じの出版社のどなたかを紹介していただきたいんです」

「……それは私の力で君を売り出して欲しいということかね」

「いいえ。紹介してくださるだけで結構です」

佐賀が皮肉っぽい笑みを見せる。

「相当な自信だな。それほど自惚れて、後悔しないか」

卓也も負けずに笑い返す。

「多少の自惚れがなければ、こんな夢は見ません」

しばらくの間佐賀は卓也の顔を見つめていたが、納得したように頷いた。

「……そうだな。私も君くらいの歳の頃はそうだった。自惚れ屋で野心家でなければどんな夢も叶わない。――いいだろう。懇意にしている出版社の者に、君の作品を読んでくれるよう頼んでみよう。そこから先は君の力量次第だ」

「ありがとうございます！」

「礼を言うのは、自分の作品が本になってからでも遅くないよ」

口元に笑いの形だけ作った彼は、娘を案じる老いた父親ではなく紛れもない大作家の顔に戻っていた。

7

その後、佐賀から他の雇用契約についての説明がなされた。

「雇用すると言っておきながら今更尋ねるのも失礼な話だが、君は厚木市に住んでいるんだったね。ここへの通勤は家から遠くて大変だろうが、大丈夫かね？」

改めて履歴書の住所欄を見た佐賀が危惧するのも無理はない。確かに卓也が住んでいるところからこの家までの道のりは結構遠いのだ。電車とバスを乗り継ぎ、更に終点のバス停から山中の私道を歩いて通うとすれば、卓也の住むアパートから佐賀の家まで大ざっぱに計算して通勤には片道三時間ほどかかる。しかし、ここで雇用の意思を翻される訳にはいかない。

「確かに大変ですが、お気遣いには及びません。通勤も仕事の内と考えております」

ようやく作家になれるかもしれない足がかりができたのだ。このチャンスを手放してなるものか。

通勤の困難さなど、今までの苦労を思えば何でもない。

「もし不都合を感じましたら、転居も検討してみますので」

「そうかね。さすが若いと元気だ。まあ、交通費は全額出すつもりだったのだが」

自動車の運転免許証は持ってきたかと尋ねられ、「はい」と返事をすると、

「君にはこちらの方が都合がいいだろう」

佐賀がテーブルの上に鍵を置いた。

「玄関を出て左側のガレージにある車を貸すから、通勤に使うといい」

事前に免許と自動車の所有を問われ、免許はあるが車はないと答えると、面接には免許証持参で、と指定されていた。妙な話だとは思ったが、まさか通勤用に車一台気前良く貸してくれるとは思ってもみなかった。

「最寄り駅からこちら方面へのバス便の本数は少ないし、終点でバスを降りた後この家まで来られる交通機関がないから不便だろうと思って、駅前からこの家までの足として用意していたんだよ。こちらで駅前のシマダパーキングの六番を借りているからそこに車を駐めてもらって、後は電車での通勤ということになる。しかし長時間の車の運転が苦にならないなら、自分の家近くの駐車場を借りてもらって、道のり全てを車での通勤にしてくれてもいい。その方が通勤時間の短縮になるだろう。勿論その駐車場の料金はうちで払う」

駐車場が決まるまでは、通勤にかかる交通費を全額佐賀が払ってくれるという。

その上「今日の面接に来てもらった足代として」と金の入った封筒を差し出された。

「あと一つ。ちょっと聞きたいんだが、君はこの仕事をどこで知ったのかね。募集を載せてもらった求人情報誌が発行されたのは、君が住んでいる地域とエリアが違うはずなんだが」

「それが、私も応募した後から気がついたのですが」

卓也はバス停に捨ててあった無料の求人情報誌を拾って、この仕事の募集記事を見た。

その雑誌はエリア別に当該地域の求人内容を載せて配布されているフリーペーパーだったが、どういう訳かその雑誌は卓也が住んでいる近辺で発行されたものではなかったのだ。多分そのバス停を利用した誰かが捨てていったのだろう。

元々何かを期待して見た訳ではなかったため、募集している仕事の内容と条件だけを流し見て、個々の募集先の住所までは気にもとめていなかった。応募し返答があって初めて仕事先が自分の住まいからとても離れた場所であると分かった。分かったが、辞退するには勤務内容と給料が良すぎたし、何より、雇い主の名前と住所が淡い記憶に引っかかったのだ。

「そうだったのか。このまま適任の人が見つからなければ、募集エリアをもう少し広げてみようかと思っていたところだったから、君が来てくれたのは幸運だったな」

「いいえ、それは私の方です」

願ってもない幸運が手の中に転がり込んできた。

このチャンスを必ず活かす。絶対、歴代の家庭教師のように簡単に辞めたりするものか。

仕事は来週の月曜日からと決まった。

卓也が佐賀に暇を告げ、部屋を出て玄関に向かい靴を履いていると、良江が見送りに来てくれた。

「来週の月曜日から来てくださるそうですね。どうぞよろしくお願いします。――ああ、主人がその時に原稿もお持ちくださいと」

「先生からお聞きになったんですか」

佐賀には強気で言えたが、良江に対しては恥ずかしく思った。娘を愛する親心を利用した、卑劣な申し出と軽蔑されてもしかたない。しかし、良江は穏やかに笑った。

「心苦しく思うことは何もありませんよ。自分の信じた道を堂々と行かれればいいのです」

良江にそう言われて尚更身の置き所を失くした卓也は、一礼して玄関を出た。


雨はまだ降り続いていた。

来た時より少し雨足が強まっていた。

卓也は右側を見ないように意識した。芝の庭の向こう――あの森を見たくなかった。

傘を深く傾けてガレージへ急ぐ。車を貸してもらえるのは本当にありがたかった。これから毎回バス停から佐賀邸まで歩くのは正直少々辛いし、何よりあの森を歩いて通るのは嫌だった。

ガレージに行って仰天した。

車は一台しかなかった。ワインレッドのＲＶ車で、まだシートにビニール包装がかかったままの、手付かずの新車だった。

「……まさか、これを貸してくれるって？」

「そうですよ」

思わずこぼした独り言に返事があって、卓也は文字通り飛び上がった。振り返ると良江がばつが悪そうに立っていた。

「驚かせてしまったかしら。ごめんなさいね」

後ろをずっとついてきていたらしいが、まるで気づかなかった。

「その車、気に入っていただけましたか」

「はい。でも、本当によろしいんですか？　こんないい車を」

「ええ、どうぞ。パンフレットに、今若い人にはこれが一番人気があると書いてあったし、私も色が好きだったので買いましたの」

なるほど、女性が好みそうな色だが、服でも買うような気軽さで車を買う感覚と経済力には感心する、と言うより呆れてしまう。

「ガソリンはシマダパーキングの隣のスタンドで入れてください。お車は私用で使っていただいても結構です。その分含めてのガソリン代のお支払いも不要です」

「い、いえ、そこまで面倒を見ていただく訳には」

「こんな辺鄙なところまで通っていただくのですから、どうぞご遠慮なく」

かえって不安になるような好待遇だが、雇い主がそう言ってくれているのだからここは素直に甘えることにした。

「では、そうさせていただきます。ありがとうございます」

「それから、これを。お渡しするのを忘れてました」

良江が差し出したのは小型のリモコンだった。

「門はこれで開閉ができます。いらっしゃる時には忘れずに持って来てくださいね」

リモコンを渡すと良江は足早に家に戻っていった。

卓也は良江の後ろ姿を見送る――ふりで、視線は森に注がれていた。

8

帰り道、すでに暗い山中の私道を歩かずに済んだのは本当にありがたかった。ここを車で行き来できるだけでも通勤の苦労が大幅に緩和されたと思える。それほど卓也はこの木々で被われた私道が苦手で嫌だったのだ。

電車では、帰宅ラッシュの時間に当たって満員の乗客に押されながらも、卓也は佐賀とのやり取りを思い出し、踊り出したいほど高揚した気分でいた。

ようやく訪れたチャンス。今までは運がなかっただけだ。これを足がかりに、きっと夢は叶う。

この半年、卓也は悲惨なくらい運に見放されていた。

道路工事の仕事で右足の骨にひびが入る怪我をし、働けなくなったらわずかな見舞金で解雇された。怪我が治ってパン工場の仕事に就いたが、ロッカールームで財布の盗難に遭ったのに自演を疑われたので腹を立てて辞めた。

期待して通知を待っていた文学賞も第三次審査で落選。

失意の中勤め始めた大人向け専門のレンタルビデオ店が、雇われ店長の横領と失踪で潰れたのは一週間前だ。それまでの給料ももらえず貯金もない卓也は、すぐにでも次の仕事を探さなければならなかった。

二ヶ月も滞納している家賃、もうすぐ引き落とし期限が来る電気料金。ガスはすでに料金未納で止められている。

——もう作家になる夢は諦めて、ちゃんとした会社へ就職しようか

そんな考えに引きずられ、職安へ向かうバス停で、求人情報誌を拾った。

特別何か期待して見たのではない。単なる時間潰しのつもりだったのだが、信じられないくらい好条件のバイト募集広告を見つけた。

週　月　水　金　三日間
午前十時から午後三時まで
昼食付き　月給制　月二十万
七歳女子の家庭教師求む

正直言って条件が良すぎるし、勤務地の記載もなくて何か怪しい。が、こんないいバイトなら、と心引かれて一応連絡先に問い合わせてみた。

応対に出たのは広告主ではなく、仲介する会社の社員だった。意外にもそのバイトはまだ決定者がいないという。詳しく聞いてみると、特に何の資格もいらず年齢制限もないらしいので、卓也は早速申し込んだ。

履歴書をその会社宛に送ると、二日ほどで返事が来た。面接して決めたいらしいので相手の自宅まで行って欲しいと地図が同封されていた。

地図には面接日時と雇い主の住所と名前が明記されていた。そこで初めて勤務地が遠方と分かり、一瞬辞退を考えたが、併記された雇い主の一見平凡な名前を見て、卓也に閃くものがあった。押入れのスクラップブックを引っ張り出して古い雑誌の切り抜きを読み返し、確信した。

――間違いない。あの人だ

卓也の勘は正しかった。その上、少々心苦しいところもあるが申し出も受け入れてもらえた。

後は彼の言う通り、自分の力量次第だ。

電車を降りた後、いつも利用するスーパーに寄り、夕飯用に三割引きのシールが貼られた弁当を買った。ガスが止められていて自炊できないので、最近の食事は底値になったパンが中心だったが、今日はさすがに疲れているし、家に帰ってから原稿の見直しをする力を出すため少し贅沢をしたのだ。佐賀が足代としてくれた金が往復にかかった運賃より多かったので、用意していた金が丸々浮いて余裕ができた分、弁当代に回せたのはありがたかった。

アパートに帰り着くと長距離移動と面接での緊張の疲れが一気に押し寄せてきて、卓也は上着も脱がず、色褪せた畳の上に寝転がった。

西日しか当たらない六畳一間の部屋は雑誌や脱ぎ捨てた服で散らかり、万年床の布団が侘しさに輪をかける。佐賀の素晴らしい邸宅を見た後だから余計そう感じるのかもしれなかった。

疲れてはいたが、寝ている場合ではない。来週の月曜日に佐賀のところへ原稿を持っていくためには、もう一度よく読み直してチェックし、プリントアウトしなければならない。這いずるように身体を動かし、部屋の隅に置いたパソコンのスイッチを入れる。

気合いを入れて立ち上がって着替え、水を飲むと、少し身体に活力が戻ってきた。

パソコンのファイルから、一番自信のある作品を画面へ呼び出す。旨くもない値下げ弁当を機械的に口に運びながらも、書き溜めた小説を読み返す目には力が入った。

作業に没頭しながら、ちらりと見たテレビの上の置き時計が午前二時を示していたのは記憶にあった——が、その後。

石段を上がっている。湿気に濡れた古い石段は、滑りそうで怖い。

……いや、違う。この石段を上がっていくのが怖いのだ。

周りは深緑の木々。ここは——神社の森だ。

嫌だ。この石段を上がるのは。
嫌だ。嫌だ。嫌だ。

なのに、足が勝手に動き、石段を上がりきってしまった。
古くくすんだ色の社。
その前に佇む、大小二つの影。
大人の女性と幼い女の子。スカートが、紅い。

戻ろう——あの人に気づかれない内に。

『この子と一緒に——』

駆け戻った家の玄関に、黒い靴

おかあさんとのやくそく。くろいくつがあるときはいえにかえってはいけない。
ひみつ。ないしょ。だれにもいわない。おとうさんにも。
だから。
だからそれをとりあげないで！

かえして！　かえしてよ、おかあさん！

それはぼくのだ！

ぼくの——。


明るく、幾分暑い部屋で目が覚めた。

心臓が大きく波打って、眩暈がする。背中にびっしょり汗をかいていて、そこだけが異様に冷たかった。どうやら原稿をチェックしていて睡魔に襲われ眠ってしまったらしい。

何か酷く恐ろしい夢を見たのだが、内容を覚えていない。ただ、恐怖感の名残で今も胸が脈打っていた。

しばらくは起き上がる気力もなかった。しかし昨日訪れた破格の幸運を思い出し、自らを奮起させる。顔でも洗って着替えようと立ち上がりかけて、卓也は盛大に顔をしかめた。久しぶりに長い距離を歩いたせいか、両足が筋肉痛に見舞われていた。

気合を入れて立ち上がると、腹の虫が鳴いて空腹を知らせる。時計を見るとすでに昼を過ぎていた。昨日弁当と一緒に買っておいたパンで朝食兼昼食を簡単に済ませると、卓也は再びパソコンの前に座った。時間を忘れて丹念に文章を読み直す。

チェックにチェックを重ねて用紙に原稿を刷り出し終えた頃には、日曜日が終わろうとしていた。

第二章

1

月曜日、卓也は迷った挙句、スーツでなくカジュアルな服に決めた。とりあえず雇ってもらったのだから、余りに奇抜な服でない限り不評を買うことはないだろう。

原稿の入った鞄を抱えてアパートを出ると、五月晴れの名に相応しい青空が広がっていた。

これから電車で一時間半。その後はバスでなく、借りた車で佐賀邸まで行く。バスであれば決まったルートに点々とある停留所で止まり、乗客が乗り降りするからその分時間がかかるが、車なら最短の道を選んで行けるから、面接に行った時ほどの時間はかからない。

佐賀が言うように通勤路全て車で行き来するなら、電車の運行時刻に合わせて動かなくて済む上に、人が多く住んでいる場所を通るように遠回り気味になっている路線よりも直線的に移動できるので、もっと通勤時間が短縮できるだろう。運転する体力はいるが、自分の体調次第で車を停めて休憩できる分、気が楽かもしれない。佐賀邸に持っていく小説の見直しに時間を取られて駐車場探しまでは手が回らなかったが、今日帰ったら早速駐車場を探さなければ。

卓也は大きく息を吸い込み、駅への道を歩き出した。

言葉にできない期待半分、言い知れない不安半分の心持ちで。

佐賀邸に向かう私道に入ったところで、卓也は前方を走っていく車を見つけた。

あれが佐賀の言っていた記者だったら面倒だ。相手が門前払いを食らい引き返して来れば、車のすれ違いすら場所によっては困難なこの道では必ず捕まり、あれこれ聞かれるだろう。

しかし車は門に阻まれることなく、敷地内へ入っていった。開いていた門はわずかな時間差で卓也の鼻先で閉まり、リモコンでもう一度開かねばならなかった。

正体不明の車は佐賀邸の前に堂々と停められていて、運転者らしい男性が良江と立ち話をしていた。彼は卓也の車に気づくと運転席に戻り、車をガレージに移動させた。

笑いかけてくる良江に車内から頭を下げ、ガレージへ向かうと、先に車を置いた彼が、こちらへ歩いてくるところだった。卓也は軽く会釈して通る。すれ違った男は、一見穏やかそうだがその実触れれば切れそうな、鋭そうな初老の男だった。

車を置いて玄関へ戻ると、良江が待っていてくれた。

「こんにちは。今日からよろしくお願いします」

卓也が頭を下げると、

「こちらこそお世話になります」

と、期待のこもった挨拶が返ってきた。

玄関にはさっきの男性の物と思われる靴があった。この家の玄関にあっても見劣りしない、上等な靴だった。

次いで視線を上げて周りを見回したが、今日は熱帯魚は泳いでいなかった。

その代わり百合の花の香りがした。

百合――白百合は弔いの花。何故か、そんな不吉な考えが頭の中を過ぎる。

「来ていただいた早々申し訳ないのですけど、主人が用があるそうなので応接室へ来ていただけますか」

良江の言葉に、花の香りからの連想も相まって卓也は不安感を抱いた。

何だろう。もしかしたら先程の男性に家庭教師を頼むことになったので採用を取り消したいという話ではないだろうか。

不安な気持ちのまま良江の後について応接室へ向かうと、部屋の前の廊下にあるシックな脚付き花台に置かれたガラスの花瓶に、何本もの色鮮やかな百合が活けてあった。香りの元が白百合ではなかったことに安堵しながら、応接室のドアをノックする。

「津田君かね。入ってくれ」

思わぬ明るい声で佐賀の返答があった。

「失礼します」

卓也がおずおずと部屋に入ると、先程の男性が佐賀の正面に座っていた。

佐賀が笑顔で卓也を自分の隣へ呼んでくれた。

「この人が昨日電話で話した津田君だよ」

佐賀の紹介を受け、卓也は事情の分からないままぎこちなく挨拶した。

「あの、はじめまして。津田卓也と申します」

「こちらこそ、はじめまして。私は文現出版社の木下博之と申します」

「あ、あの、もしかして『翡翠』の編集長の」

「はい」

事も無げに笑う彼を目の前に、卓也は瞠目する。

『翡翠』は一流作家の書き下ろし作品の掲載が売りで有名な文学雑誌だ。

元はごく一部の文学マニアにしかうけなかった雑誌だったが、木下が編集長を務めてからの十年間で発行部数が桁違いに伸びた。彼は出版界で伝説の辣腕家だった。

「あなたを森の中で見た時、てっきり佐賀先生の周りを嗅ぎ回っている記者だと思い込んで、目の前で門を閉める意地悪をしてしまった。申し訳ありません」

人当たりのいい笑顔で口調も柔らかだが、自身の仕事に絶対的な自信を持つ者だけが放つ覇気が感じられる。

卓也は気後れしてしまい、ろくな受け答えができなかった。

「津田さんのことは、佐賀先生から色々と伺いました」

佐賀が卓也について何をどう語ったのか、木下の表情からは量れなかった。

「早速ですが、今日あなたの小説の原稿はお持ちでしょうか」

「は、はい。持ってきておりますが……」

「もし私でよろしければ、拝見させていただけませんか?」

突然の申し出に、卓也は呆然とした。佐賀がこんなにも早く自分の頼みを聞いてくれるとは期待していなかったからだ。今日原稿を持ってこいと言ったのも、とりあえず預かっておいて、出版社の誰かが家に来た時に約束を思い出したら読んでみてもらう、くらいのつもりなのだろうと思っていた。それがこんなに早く、しかも超一流の大物に橋渡ししてくれるとは。

思わず佐賀に目を向けたが、彼は何も言わなかった。

もしかしたら試されているのかもしれない。大作家の自分に出版社の者を紹介してくれなどと言う、不遜で生意気な若造がどれほどの才能を持っているのか。

あるいは願われているかもしれない。頼みに対して誠意を持って応えたのだから、娘にも誠意を持って接してくれ、と。どっちにしろ、佐賀は約束を守ってくれた。ならばこの先は正真正銘実力勝負だ。

「……身に余る光栄です。どうぞよろしくお願いします」

卓也は背筋を伸ばし、鞄から封筒を出して差し出した。

「お預かりします」

木下はにこやかに封筒を受け取った――が、原稿の評価を受ける時にもこの笑みは健在だろうか。

原稿を渡してしまうと、卓也にはもうここにいる意味はなく、居心地が悪いだけだった。

サイドボードの上の時計に目をやり、二人に問いかける。

「あの……愛想がなくて申し訳ありませんが、仕事に戻らせていただいてよろしいでしょうか。幸子さんが待っていますので」

本音を言えば、木下にもう少し自分を売り込みたかったが、そもそもこの家に来たのは家庭教師の仕事のためであって、自分の小説を読んでもらうためではない。立場をわきまえなくては。

佐賀が返事をする前に、木下が頷いた。

「ああ、そうですね。お忙しいところ、失礼しました。では、先生、我々も」

木下に促されて、佐賀も腰を上げた。

「木下君、先に上がっててくれ。私はお茶を淹れて持っていくから」

上がっていろというのは二階にある佐賀の仕事場の書斎だろう。

「先生、この前のようにお茶を淹れながら構想を練るような真似、しないでくださいよ。温くて濃くて渋い紅茶はごめんですから」

「だったら君が淹れてきてくれよ。言っておくが、せっかちに淹れた薄くて味わいのない茶など私は飲まないよ」

笑い合う二人は、作家と編集者と言うより仲の良い友人のように見えた。

もしかしたら佐賀の人嫌いの噂は、仕事に一途過ぎて人付き合いに余り時間を割かなかった作家生活が、彼の性格として大げさに伝えられてしまっただけなのかもしれない。

三人共に応接室を出ると、隣の部屋からすぐに良江が出てきた。

「お話はお済みですか?」

「はい。お待たせして申し訳ありませんでした」

「奥さん、台所お借りしますよ」

木下が卓也の肩越しに声をかけた。

「先生にお茶の淹れ方を教えて差し上げる機会がようやく巡ってきたようですので」

「君こそ正しい紅茶の淹れ方を、今日学んで帰りなさい。私が直々にレクチャーしてあげるから」

「あら、お二人とも私より上手にお茶を淹れられるおつもりかしら？」

良江が茶目っ気たっぷりに言って笑う。

佐賀の小説に緑茶や紅茶を淹れる名人の女性が出てくる話があるが、そのモデルは良江なのだそうだ。

まだ夫妻が貧しかった頃から良江はおいしい茶の入れ方を独学で学んでいたそうで、佐賀の作品が売れて裕福になると、洋服やアクセサリーを買うより上質の緑茶や紅茶の高級茶葉を買い求めたという。面接に訪れた日に卓也がごちそうになった茶は、確かに旨かった。茶葉もいいものだったのだろうが、淹れ方も良かったのだ。

お茶は後で自分が淹れて持っていくから、と大作家と伝説の編集長は良江に軽くあしらわれて二階へ追い立てられた。

紅茶談義をしながら階段を上がっていく木下の手には、卓也の渡した封筒がある。幾人もの才能ある作家を見出してきた彼が、あれにどんな評価を下すだろうか。

「大丈夫ですよ。ご自分の才能に自信を持つことです」

卓也の不安を見透かしたように、良江が言う。

「……はい。ありがとうございます」

礼を言いながらも、奇妙に思う。自分たちを利用しようとしている人間に対して、どうしてこうも寛大でいられるのだろうか。

幸子のいる部屋への案内に、卓也の前を歩いていた良江がくすりと笑った。

「何の気遣いもいりませんよ。多少のコネを使おうとも、所詮才能がなければ売れない世界ですからね。それに、あなたにこんな機会を用意して差し上げるくらい、佐賀には何でもないことですよ」

それもそうだ。給料の上乗せの代わりに出版社の人間を紹介して欲しいと頼んだ。これは交換条件のようなもの。佐賀の力で売り出して欲しいとは言わなかったのだから。

幾分気が楽になった卓也は、少しドアが開いていた部屋に何気なく目を向けて――ドキリとした。

部屋の中を白い割烹着姿の女性が横切ったのだ。

「あのっ」

「……はい？」

「今、そこの部屋に割烹着を着た女の人が」

「ああ、キクさんね。家政婦さんなの」

「家政婦……さん？」

良江が振り返って頷いた。

「ごめんなさいね、ご挨拶もなくて。若い頃に火事に遭われて、顔に火傷の痕があるので、人に会うのをとても嫌がるの。だから、悪いけれど見かけても声をかけないであげてくださいね」

「は……はあ」

「それからもう一人、時々庭の方で男の人を見かけるかもしれないけど、その人にも声をかけるのは遠慮してください。庭師で末吉さんという方なんですけど、吃音があるので、人とお話するのが苦手なんです。とてもいい人たちなんですけど、内気なので失礼があっても勘弁してくださいね」

「そんな。こっちこそ失礼がないように気をつけます」

佐賀は人嫌いの偏屈という噂の先入観からこの家には三人だけで暮らしていると思い込んでいたので他に人がいるのに驚いたが、考えてみれば体の弱い良江夫人（エッセイにもそう何度か書いている）のために家事を手伝う人や、あの綺麗な庭を維持するために庭師を雇っても不思議ではない。

それにしても――卓也はまた奇妙に思う。

薄情な一般論で言えば、キクも末吉も喜んで雇用したいような人たちではない。佐賀ならもっと条件のいい人たちを雇えるはずなのに、少々難のある彼らを雇っているのは何故なのだろう。佐賀夫妻が人並み外れて寛容な人間だからなのか、キクたちが自己のマイナス面を補って余りあるほど有能な人間だからなのか。それとも、そんなことを気にする自分が狭量なだけなのだろうか。

天気が良く外が明るい分、今日は家の中が暗く感じられる。その暗さが今の自分の心と似ているようで、卓也は鬱になる。

あの森。

あの森もそうだ。不安になる暗さは、まるで……。

「幸子、先生がいらっしゃいましたよ」

良江が部屋のドアをノックする音で、卓也はハッと我に返る。返事も待たず扉を開いて入った良江の後に続いて部屋の中に入った卓也は——瞬間、気が遠くなった。

青。天井も壁も床も淡い青。

部屋の中には家具は一つもなく、青の空間が広がっていた。いや、単に青一色ではなく、霞のような薄い白が混じっている。

これは……『空』だ。

ドアの対面にある掃き出し窓が空に開いた四角い穴で、そこに映る庭が異世界のように見えた。

部屋の中央に座っている幸子は背景と同じ色のワンピースを着ているためか、頭と袖から出た手だけが空中に浮かんでいるような錯覚を覚える。

そこへ小さな黄色がいくつも割り込んできた。ひらひらと黄色の蝶が幸子の周りを舞う。

一匹の蝶に手を伸べて、幸子が微笑む。

——何だ、笑えるんじゃないか。思った通り、笑うと可愛い

同じように微笑みかけた卓也の顔が、強張る。

幸子が蝶を握り潰したのだ。

無垢な笑みを浮かべたまま開いた手から、黄色の欠片が無残に零れ落ちる。

卓也は反射的に良江を振り返る。良江は、笑っていた。優しげに微笑んで愛娘を見ていた。

「幸子、先生とお勉強の時間ですよ」

違う。そんなことはどうでもいい。まず、叱らなくては。

「先生？」

虫とはいえ、笑って命を奪うような真似をしてはいけない、と。


しかしどこかで見たような、あの紅い唇。

あれは誰だった？　思い出せない——思い出したくない。


「先生」

卓也は自分が呼ばれているとようやく気づく。が、焦点がうまく合わない。

「どうかなさいましたか」

「……蝶が」

思わずそう呟いたが、幸子が握り潰したように見えたのは蝶ではなく、花だった。黄色の花弁が少し欠けたマーガレットに似た花が床に落ちていた。

花を蝶に見間違えたのかもしれないが、何か釈然としない卓也の前で幸子はスカートの下に隠れていたリモコンを取り出し、前方に向けてボタンを押した。同時に全てが姿を消した。落ちた黄色の花も、壁や床の空色も。

今まで見えていたものが消えた後は、フローリング仕様の何の変哲もない部屋があるだけだった。

窓の外の庭も、さっき感じた異質さはどこにもない。ただ、幸子がリモコンを向けた方の壁には、三十センチ四方の黒い機械のようなものが取り付けてあった。

「立体映像ですよ。この前、玄関でご覧になったものと同じです」

良江が幸子に着替えてくるよう言うと、幸子は部屋を出ていった。

卓也はまだ現実に返りきれず、幸子が座っていた辺りをぼんやりと見つめていた。

「先生、何か？」

「あ……いいえ。よくできた映像だと」

「そうでしょう。でも、これは内緒にしてくださいね」

装置はその方面の研究所に勤めている佐賀の知人が、内密にモニターして欲しいと持ってきた開発途中の試作品なのだそうだ。卓也が玄関で見たような魚などの個体だけを立体的に映し出すことはできても、部屋全体に背景を含めた映像を完璧に投影するにはこの部屋のように家具のない部屋という条件付きでなければできない未完成の物らしい。

完成して市販化されれば、映画やゲームの映像はこんなふうに見られるようになるのだろう。が、卓也としては喜んで受け入れる気になれない。

リアル過ぎる幻像は――怖い。

「実は、先生」

「は……はい」

どうも『先生』と呼ばれるのは馴染めない。便宜上の呼び名であると分かっていても抵抗がある。

「先生には家庭教師として来ていただいたのですが、当面は勉強は教えていただかなくても結構です」

「では、何を」

「幸子は他人とうまく交流できない子なので、まず家族の者以外の人間と会話ができるようになるのが先決かと。ですから、当分の間はあの子の心が少しでも解れるように、遊んでやっていただけますか。勉強の方はそれからということで」

「分かりました」

返事はしたものの、七歳の少女とどう遊べばいいものか悩む。自分が七歳の頃、同級生の女の子たちが何をして遊んでいたか思い起こしている内に、幸子が戻ってきた。

髪を一つにまとめ、トレーナーとハーフパンツという出で立ちにヒントを得て、外遊びを思いつく。

「お天気がいいから外に出てみようか。お庭を見せてくれる？」

幸子は頷くと、卓也におずおずと近寄り腕を引いた。

「……こっち」

声は小さかったが、幸子は確かにそう言った。

他人とはしゃべらないと散々聞かされていた卓也は勿論、それ以上に良江が驚いて目を瞠る。

ここで大げさな態度を取れば幸子がかえって竦んでしまうかもしれないと、卓也は細心の注意を払ってできるだけ自然に、穏やかに笑った。

「どこかいいところがあるの？　僕に教えてくれる？」

はっきりと幸子が頷く。

振り返ると、良江も涙ぐんだ目で微笑み、頷いた。

2

腕を取った手を離さず幸子が卓也を案内したのは、庭の一角に作られた円形の砂場だった。雨の日でも遊べるように、赤い屋根がついている。周りは花壇に囲まれていて、今が盛りの花が文字通りこぼれるように咲いていた。砂は公園でよく見かけるような灰色ではなく、薄茶色だった。さらさらに乾いた砂の上に、赤やピンクの色鮮やかなプラスチックのバケツやシャベルが転がっている。

「とても可愛い砂場だね。さっちゃんはここが一番好きなんだね」

幸子は無言で頷くと砂場に入り、シャベルを拾って遊び始めた。卓也もしばらくは幸子の遊ぶ姿を見守っていたが、幸子が何度やってもうまくトンネルを作れないのを見かねて砂場に入った。

「僕も手伝うよ。一緒に作ろう」

腕まくりして砂を盛り上げたものの、砂が乾き過ぎていてすぐに崩れてしまう。

周りを見ると花壇の傍に水道があった。バケツで水を汲み、砂に撒いて湿らせて山を作り慎重に穴を掘ると、今度は見事にトンネルができた。幸子が興味を引かれた顔でじっと見つめている。ガラスの瞳に生きた光が宿っていた。

「うまくできただろう？　こういうの、小さい頃から得意だったんだ」

砂場でトンネルを掘り、線路を描き、空想の電車を走らせた幼い日々。あの頃は電車の運転手になりたかった。しかし人生の線路は卓也を別の夢へと導いていった。

いきなり、トンネルが崩れた。誰かがトンネルを踏み潰したのだ。

砂山を踏む、見覚えのある運動靴には、人気だったキャラクターの絵。幼稚園の友達の内で一番先に買ってもらって、嬉しくて得意だった記憶が甦る。

――これは

見上げると、口を真一文字に結んだ男の子が立っていた。水色のスモックの胸にひまわりの形の名札。

名前は――つだたくや。

幼稚園の頃の自分が怒った顔で睨んでいる。

気がつくと隣でポニーテールの女の子が泣いていた。

――ぼくがあそんでるんだからじゃまするなよ

女の子の手には緑色のシャベルが握られている。同じシャベルを持った卓也の後ろにはキリンの形の滑り台があり、奥にはブランコも見えた。足元の砂は灰色。

ここは……通っていた幼稚園の砂場だ。

――むこういけよ

そう言われて女の子はますます激しく泣いた。

この子、はるみちゃんだ。

——なくんだったらあっちでなけよ。うるさい
酷い。僕はこんなに酷いことを言う奴だったのか？

はるみちゃんには、よくお弁当のウィンナーを分けてもらったじゃないか。転んで膝を怪我した時、先生を呼んできてくれたのもこの子だったろう？

幼い卓也は尚もはるみに悪態をつく。卓也は堪らず子供の自分を怒鳴りつけた。

「いい加減にしろ！」


その声で我に返った。

砂山のトンネルは壊れていない。砂は薄茶色で、滑り台もブランコもない。

卓也の前では幸子が黙々と小さなお椀に砂を詰めてはひっくり返し、椀型の山をいくつも作って並べて遊んでいた。

卓也は二、三度強く瞬いた。

幻覚だったのだろうか。

今見たのは遠い昔の、自分でも忘れていた思い出だった。確かにあの通りにはるみちゃんを泣かせた。あの後すぐ卓也は引っ越したので、あれきり会わなかった。

胸の中に後味の悪さが広がる。何故こんなことを思い出したのだろう。久しぶりに童心に返り、

砂遊びをしたからだろうか。

無性にタバコが吸いたかった。しかし、幸子の傍で吸う訳にはいかず、せめて水を飲もうと幸子の背後を通った時、

「はるみちゃん……かわいそう」

幸子の呟きが聞こえた。

卓也は足を止める。背中に冷たい汗が浮き、声も出せず身動きもできなかった。

幸子がゆっくり振り返る。感情の読めない瞳が、卓也の目を見つめる。

不意に、幸子の唇の両端が上がった。

それも一瞬、幸子は振り向いた時と同じ速度でまた砂の方を向き、一心に遊び始めた。

卓也は言葉を失い、ただ幸子の背中を見つめるだけだった。

3

昼食の時間だと良江が呼びに来て、家に戻った。家に戻る時も幸子の方から手をつないできたが、笑顔はなかった。

案内された食堂には佐賀も木下もいなかった。二人は書斎の方で食事をしていると聞き、正直ほっとした。大作家と大手出版社の辣腕編集長が同席しての食事など喉を通らない。

「若い方の口には合わないでしょうけど」

良江は済まなそうに言ったが、食卓に並んだ和食は絶品だった。筑前煮、ほうれん草のおひたし、鯖の味噌煮にすまし汁。漬物は自家製。意地汚いとは思ったが、ご飯のお代わりをもらう。

「すいません。あんまりおいしいので食が進んで」

「遠慮なく召し上がってくださいね。何だか息子ができたみたいで嬉しいわ」

良江は喜んで茶碗にご飯を山盛りにしてくれた。

お世辞ではなく、こんなにうまい昼食を食べたのは本当に久しぶりだった。特に大学を中退してからはまともな昼食を取った記憶がない。いつも金がなく、食費を切り詰めていたからだ。

肉じゃががほこほこと湯気を立てている。母の得意料理で卓也の大好物だった。

古い団地の一室の狭い台所に置いたテーブル。緑の花柄の醤油差しは卓也が小学生の頃から使っている物だ。

大学に進学して東京で一人暮らしを始めるまで、暮らした家。卓也は今、そこにいて、目の前の母は、顔をしかめている。

——大学を辞めるって……どうして

——入学してまだ一年も経たないのに、どうしてなの

有名大学への進学を一番喜んだのは、おそらく母だった。

卓也が中学に入学した年の夏、突然父が勤めていた会社が倒産した。何の特技も資格も持たない父の再就職は年齢がネックになってなかなか決まらず、父が職にありつくまで母がスーパーのレ

ジ打ちとクリーニング工場での深夜パートを掛け持ちで頑張り、家の経済を支えた。その経験から、せめて息子だけは経営基盤のしっかりした大企業に就職してもらいたいと、そのためには名のある大学を出てもらいたいというのが両親の願いだった。卓也は優秀だったので、期待も大きかっただろう。

——大学中退は高卒と同じなのよ

母の気持ちはよく分かっていた。分かっていたけれど。

——作家になるって……まだそんな夢みたいなこと言ってるの？

諦めきれないんだ。集中してやれば絶対いい作品が書ける自信がある。

——真知子（まちこ）さんはどう言ってるの。収入も安定してないんじゃ、将来結婚だって

彼女とは別れた。大学を辞めると言ったら逃げた。そんな女だったんだ。

——目を覚ましなさい。いつまでも子供じみた夢なんか見てないで

子供の夢なんかじゃない。才能はあるはずなんだ。この前応募した作品だって、最終選考まで残った。審査員に見る目がないだけだ。

母は顔を両手で覆って俯いた。丸めた背中が震えている。

——来年は成人式で、やっと一人前になってくれるって……お父さんと喜んでたのに

泣かせたかった訳じゃない。頑張れと言って欲しかった。

真知子に背を向けられ、その上母までが顔を伏せるのか。

——……景子（けいこ）さんだって……きっと悲しんでる

卓也は思わず顔をしかめた。

景子とは卓也が幼い頃事故で亡くなった実母だ。今の母は、卓也が小学校二年の時、父が再婚した女性だった。義理の母だが優しく、父との間に子供ができなかった分、卓也に精一杯の愛情を注いでくれた。

卓也の一番の理解者でもあった。文芸コンクールで優秀賞を取った時には、ケーキを買い込み赤飯まで炊いて祝ってくれたのに。

——分かってくれないなら、もういいよ

拗ねて捨て台詞を吐き、持っていた箸を乱暴に置く。勢い余って、箸の一本はテーブルの下へ落ちた。

「もうお腹一杯ですか?」

良江が不思議そうに卓也の方を見ている。

「あ……はい」

気づけば卓也は茶碗を持ったままぼんやりしていた。目の前には肉じゃがはなく、卓也がほとんど食べてしまった料理の器があるだけだった。

また……幻覚。

それもよりによって、母を泣かせた時の。自覚はないが、疲れているのだろうか。こんな白日夢を見るなんて。

茶碗を置こうとした卓也の目に信じられない物が映り、幻のように消えた。

あの日、母が卓也のためにわざわざ買い求めたと言っていた、輪島塗の箸が。

4

何か釈然としないまま食事を終えたところへ、木下が顔を見せた。

「食事は済みましたか」

「はい。いただきました」

木下は頷くと、良江の方を見る。

「津田さんにお話があるのですが、今いけませんかね」

「構いませんとも。先程の原稿のお話でしょう」

「さすが奥さん。よくお分かりですね」

「ええ。あなたがせっかちに話があると言えば、お仕事のことしかありませんもの。もっともそのお仕事熱心なところが、鬼の編集長と呼ばれた所以でしたわね」

そうでしょうか、と木下は柔らかく笑ったが、切れ者の印象は拭いきれなかった。

「応接室でどうぞ。……先生、お時間は気になさらないで、ゆっくりお話しください」

「お優しいですねえ。私にもそんな対応してくださいよ」

木下が甘えたように言うと、

「あなたはあまり優しくすると調子に乗るでしょう」

良江はゆったりと笑った。まるで可愛いがっている弟を柔らかに叱る姉のような微笑ましさだった。


応接室で木下と向かい合って座ると、急に緊張してきた。

「原稿、拝見させていただきました」

「……もう読んでくださったんですか」

木下は大きく頷いた。

「率直な意見を述べさせていただきますと、まだ言葉が未熟で、表現の粗い部分が目立ちますね」

項垂れかけた卓也に、木下は言葉を続ける。

「ですが、それがかえって新鮮でいいと思います。私たちが欲しいのは既成作家の模倣のような変に整った作品でなく、作者の熱意が前面に出た個性的な作品です。その点に関しては申し分ない。佐賀先生も同じようにおっしゃっていました」

「佐賀先生まで目を通してくださったんですか」

卓也は仰天した。木下はともかく、忙しい佐賀が読んでくれるとは思いもしなかった。

「今日は休日のつもりでしたが、午後から仕事ができてしまいました」

言葉の意味を量りかねて首を傾げた卓也に木下は笑って、サイドボードの時計に目をやる。

「お仕事中でいらっしゃるので、長話は避けましょう。この作品、今、どこかの文学賞に応募中ではありませんか?」

「どこにも応募しておりませんが」

「では、原稿を預からせていただけませんか。今から編集部に持ち帰って相談したいので」

「あ、あの、それは」

「勿論、出版についての相談です。いかがでしょうか」

「おっ……お願いしますっ」

興奮の余り舌がもつれた。頭に血が上り、痺れて軽い眩暈さえ感じた。こんなシーンを何度も夢で見たような気がする。けれど、これは現実だ。確かに自分の身に起こったことなのだ。

「正式な回答は出版会議を経てでないとできませんが、多分いいお返事ができると思います。期待していてください」

木下は立ち上がり、軽く会釈して部屋を出ていった。卓也は彼の後ろ姿に深く頭を下げたまま、見送った。

頭を上げるとようやく訪れた幸運を実感した。

やっと認められたのだ。長い長いトンネルの出口の光が見えてきた。夢を夢と諦めず、自分を信じて努力し続ければこんなふうに報われる日は必ず来るものなのだ。

いつまでもこうして幸せに酔っていたいが、そうもいかない。いくら雇い主が構わないと言っても、時間にルーズ過ぎると信用をなくす。

応接室から出ると、部屋の前の廊下に幸子が立っていた。花瓶に活けた百合の花を見ているようだった。

「ごめんね、お話が長くなって。これから何して遊ぼうか」

「ナイテタ」

振り向きもせず、ぽつりと言う。無表情な上に抑揚なくしゃべられると、言葉の意味が掴み難い。

「お母さん、泣いてた」

今度ははっきり分かった。

母親が泣いている——良江に何かあったのだろうか。

「どうしたのかな……」

様子を見に行こうとした卓也に、幸子の短い呟きが突き刺さる。

「大学、辞めたから」

「——な」

幸子はふいっと向きを変えて、食堂へ戻っていった。

——何故あの子がそれを……

つい先程まで明るんでいた心に、一筋の暗い影が差した。

5

午後からは良江も加わり、三人でトランプをした。

ババ抜きや七並べなど簡単なゲームにしたが、一番強いのは何と幸子だった。

幸子は蒙昧な子供ではない。初めに佐賀から『他人と口を利けない』と聞かされていたので、自閉気味なため学習が遅れてしまった子供かと想像していたが、ゲームをしてみて誤りだと分かった。ルールをしっかり理解できるし、判断も自分でできる。ゲームの先行きを冷静に読んで対処でき、卓也の方が熱くなってミスをするほどだった。

とにかく卓也から見れば、幸子は口数が少ないだけの普通の、いや、むしろ優秀な子供だった。確かに表情は乏しいが、元々喜怒哀楽が表に出難いタイプなのかもしれないし、佐賀夫妻が心配するほど問題のある子とは思えない。それとも、佐賀が言っていたように卓也に対しては特別に良く、他の人たちには貝になるのだろうか。以前の家庭教師たちもそれで幸子を持て余し、辞めていったのだろうか。

それにしても辞めるまでの時間の短さが気になる。卓也の前の人間は、一週間だったと聞いた。誰も一ヶ月続かないはずだと納得するほど辛い仕事とは思えないのだが。

「先生の番ですよ」

良江が手にしたカードを差し出す。ババ抜きは、引いたカードへの反応がすぐ顔に出る卓也には分が悪かった。幸子は勿論、良江までもがポーカーフェイスを決め込み、どちらがジョーカーを持っているのかまるで読めない。

何を引いても知らん顔すると決めて、カードを引いた。良江の表情は少しも変わらなかったが、卓也の頬はわずかに引きつる。
手にしたカードは――ジョーカーだった。

約束の三時になり、卓也の家庭教師第一日目は無事終わった。

幸子は疲れて眠くなったらしく、良江に連れられて自室に戻った。卓也も部屋の前まで見送る。

「さっちゃん、また遊ぼうね」

卓也が声をかけると、幸子は微かに頷いた。

良江に紅茶をご馳走すると誘われて応接室で待っていると、佐賀が顔を見せた。

卓也はまず出版社の人間を紹介してくれたことに対して礼を言い、重ねて自分の作品を読んでくれたことにも礼を言った。

「興味があったのでね。感想は木下君に伝えた通りだ」

「……未熟な物をお見せして、恥ずかしい限りです」

いや、と佐賀は首を振った。

「文体のテンションが不揃いなのは、執筆時間が半端なところで途切れるからだろう?」

「はい。気を入れて書いていても、翌日の仕事に差し支えないように途中で止めて寝てしまったりしますから」

「うん、だから多分、君はプロとして書き始めてからの方が伸びるタイプだ。締め切りを背負って、集中して書く時間を確保できるようになれば、大成する器だよ」

「……それは……褒め過ぎです。先生にそんなふうに褒められたら、僕は思い上がって自滅してしまいそうです」

「それが狙いだよ」

佐賀が人悪そうに笑った。

「将来私の仕事を取っていきそうな者は、褒め殺しにするのが一番だからね」

それもまた、卓也にとっては最高の賛辞だった。


「それで……どうだっただろう、幸子は」

やはり娘のことが気になるのか、佐賀は作家の顔から親の顔に変わった。

「私にはおとなしい普通のお嬢さんに思えましたが」

気になるところがない訳ではないが、娘を案じる年老いた父親をわざわざ不安がらせる必要はないと、卓也は言葉を選んだ。佐賀は額面通りに受け取ったのか、安堵の笑みを洩らした。

「……そうか。やはり君には特別なのかもしれない。そんなふうに言ってくれたのは君だけだよ」

「あの、他の人にはそんな態度が違うんでしょうか」

それが今一つ実感できない。確かに打てば響くといった感じではないが、卓也が話しかければそれなりの返答がある。大抵は無言で頷くだけだが、それほど親しくない大人に対してなら、幸子くらいの年頃の内気な子供はほとんどこんな調子なのではないだろうか。

卓也がそう言うと、佐賀は力なく首を振った。

「いや……話しかけてもまるで反応がない、とどの人にも言われた。まるで人形相手にしゃべっている気分になる、と」

「幸子さんには聞いてみたんですか？　どうしてしゃべらないのか」

「世界が違う、と言うのだよ」

世界、が違うとは――どういう意味だ。

「私たち以外は自分と同じ世界にいない、と」

自分以外は全て異世界。メルヘンチックな話だが、実際には幸子は何らかの原因で心を病み、周囲を拒絶しているに過ぎない。

「やはりもう一度、専門医にご相談されてはいかがですか」

「それは何度も考えた。しかし私の年齢を考えると、幸子を今入院させたところで完治するまで私の寿命があるか自信がない。良江にしても身体が弱いので、いつどうなるか分からないしね。何より、幸子に毎日会えない暮らしなど、私たちにはとても耐えられないのだよ」

愚かな話だろう、と佐賀は自嘲気味に笑った。

「それでも、時々夢を見る。幸子が健康な心を取り戻し、美しく成長して幸せな花嫁になる日を」

大作家の知られざる苦悩を垣間見て、卓也の胸中は複雑だった。神聖化し崇めていた佐賀が普通の人であったのが悲しくもあり、娘を愛するが故の弱さが嬉しくもある。

「君が、希望の光だよ」

ぼつりと佐賀が洩らす。

そこでもう一度作家への足がかりを頼めば効果的であったかもしれない。しかし卓也はそこまで卑しくはなれなかった。

「お役に立てるかどうか分かりませんが、できるだけのことはしてみます」

そう言った卓也の声より遥かに小さく、頼みますと佐賀が呟いた。

6

良江の淹れた紅茶を飲みながら佐賀と話している内に夕方となり、引き止められて夕食までご馳走になった。幸子は全くしゃべらなかったがそれが気まずさにつながることはなく、静かで落ち着いた雰囲気の和やかな夕食だった。

「若い人がいると、こちらも気分が若返るよ」

佐賀は終始上機嫌だった。

「君と話していて一つ構想を得た。忘れない内にメモしておきたいから、悪いが失礼するよ」

佐賀が書斎に上がったのを機に、卓也も暇を告げた。

外はすでにガレージの電灯の青白い光が眩しく映えるほど暗くなっていた。太陽の残り火も消え、夜の帳が下り始めている。全ての色が闇に溶けていこうとしていた。庭の向こうの森はもはや墨の塊にしか見えない。初めてここが光溢れる街から切り離された山中だと実感させられた。

本格的な夜が来る前に一刻も早く森を抜けたかったが、慣れない車でとばして行ける道ではない。

卓也は努めて気分の浮き立つことを考えながら運転した。

——多分いいお返事ができると思います。期待していてください

木下の言葉を繰り返し思い出す。才能を認められたと自惚れても構わないだろう。自惚れていたい。せめて今だけでも。

最近卓也は、発表する当てのないまま書くことに疲れを感じ始めていた。

誰かに読んで欲しいだけなら、同人誌や自費出版など方法はいくらでもある。が、アマチュアではなくプロの作家として作品を世に出したい卓也にとって、商業誌以外での作品発表は全く意味を持たなかった。

——冗談でしょう？

大学を辞めて作家を目指したい、と打ち明けた時、真知子はそう言って眉根を寄せた。

——本を出版できる当てでもあるの？

卓也が首を横に振ると、彼女はますます顔をしかめた。

——何の当てもないのに、どうやって作家になるつもりなのよ

——公募の賞へ応募してみる

真知子は絶句し、俯いた。こんな時の真知子の沈黙は常に強い反対の意思表示だった。

——賛成……してくれないんだね

——当たり前でしょう！

真知子は毅然として頭を上げ、卓也を見つめ返した。

——賛成できる訳ないじゃない。どうして大学を辞めなくちゃいけないの？　大学に通いながら書けば

——それはできない

卓也も初めはそう思っていた。両親を失望させないためにも、そうしたかった。しかし時が経つにつれて、そんな生半可な覚悟で夢が叶うとは思えなくなってきたのだ。

人は楽な方へ流されていくものだ。現に大学に入学して以来、卓也は勉強とバイトと友人たちとの遊興に時間を費やし、以前のように小説を書くことに没頭する時が少なくなっていた。

大学生活は未知な世界の発見に刺激が多く、楽しい。この楽しさを謳歌し、それなりの会社に就職して安定した生活を手に入れてしまえば、きっと安心感に浸りきって身を削るようにしてまで小説を書こうとは思わなくなってしまう。少年時代から切ないほど追い求めた夢も次第に色褪せていき、気がつけば修復できぬ残骸と成り果てているだろう。今ならまだ間に合う。方向転換が可能なのだ。

——そう。それならあなたの好きにすればいいわ

立ち去った真知子を、卓也は追いかけなかった。真知子を追えば折角の決心も揺らぎ、結局は真知子の意見に傾いてしまいそうな気がしたからだ。

大学を辞めてすぐに、町田市の家賃の安いアパートに引っ越した。生活費の安そうなもっと田舎の方にしようかとも考えたが、そんなところでは作家になるまでの暮らしを支える仕事が見つからないかもしれないし、もし作家としての道が開けた時に出版社から遠い場所では何かと不便な気がして、都心から遠く離れていない土地を選んだ。

引っ越した後、卓也は真知子に連絡しなかった。真知子からも連絡はなかった。彼女とはもう二度と会うことはないだろうと思っていた。

それが思いがけない場所で再会する羽目になった。

偶然は時として残酷ないたずらをする。卓也が大学を辞めて五年後、今から一年ほど前、宅配便の配達のバイトをしていた時だった。営業所の駐車場でいつものように配達する品と伝票を照らし合わせていた卓也は、一瞬自分の目を疑った。宛名に真知子の名前を見つけたばかりでなく、届け先が結婚式場になっていたからだ。届ける品はウェディングブーケ。遠くに住む親戚からの結婚祝いらしい。

同姓同名だと笑い飛ばせるほど、彼女の姓『高須賀（たかすか）』は多くない。少なくとも卓也は彼女以外の『高須賀』姓の人間に会ったことはなかった。

卓也は動揺しながらも制帽をかぶり直し、営業所を出発した。感傷に浸っていられるほど悠長な仕事ではなかった。深く考えないでいられる忙しさがありがたかった。

結婚式場のロビーには人が大勢いて、真知子の披露宴に招待された旧知の人間に会いはしないかと内心恐れていたが、知った顔は見当たらず安堵した。

式場の職員に届けてもらおうと頼んでみたが、忙しいと素っ気なく断られた。仕方なく教えられた真知子の控え室に向かう。今頃は花嫁支度をしているだろう真知子と直接顔を合わせることなどないはず、と自分に言い聞かせてノックしたドアから出てきたのは。

真知子本人だった。

両親は親戚への挨拶回りに出向き、支度を整えた美容師も引き上げ、部屋には彼女しかいなかったのだ。

「——卓也！」

とっさのことで顔も隠せず、卓也は純白のウェディングドレスの真知子と向かい合ってしまった。人生最良の日の美しさに輝く彼女に比べ、未だ志を果たせず薄汚れた制服に身を包む自分がどんなに惨めに思えたことか。

「……お届け物です。サインお願いします」

それ以外、卓也に何が言えただろうか。事務的に言ったつもりだったが、声は情けないほど震えていた。

言葉なく呆然とする真知子に、卓也の背後から声がかかった。

「真知子、どうしたの？」

振り返ると、白いモーニング姿の男が立っていた。

「……あ、修司さん。あの……」

彼が真知子の夫となる男らしかった。

「届け物？　裾の長いドレスを着てるんだから、歩くのは十分気をつけて。転ばないようにね。お腹の赤ちゃんに何かあったら大変だから」

彼の言葉に、荷物を抱えた手が震えた。

「ペンがないならサインは結構です。――お幸せに」

ブーケの箱を真知子に渡し、軽く頭を下げて身を翻した。こんな姿をいつまでも彼女に晒していたくなくて、一刻も早くこの場から去りたかった。

「ありがとう……ございます」

ちらりと振り返って見た真知子の表情は、突然の元恋人との再会に驚く顔でも自分の幸せを誇る顔でもなく、今の卓也の境遇を察して哀れむ表情だった。

卓也は俯いて早足で出口に向かう。意識して、走らないようにした。

逃げてるんじゃない。仕事が忙しいから先を急いでいるだけだ。断じて彼女から逃げたんじゃない。

ロビーを通り抜ける時、真知子の友人らしい女性たちの話が聞こえた。

「真知子が結婚する彼って、あのブティックビルのオーナーなんだって」

「玉の輿だよね」

卓也は外に出ると、頭を上げ前を向いて駆け出した。

――絶対、名のある作家になってやる

夢を追う自分を捨てて、あんな男を選んだばかりか哀れみの眼差しまで向けた真知子を見返してやる。自分を選ばなかったことを後悔させてやる。

いきなり、目の前に木が立ちはだかった。

卓也は短い叫び声を上げてハンドルを切り、何とか衝突を回避した。車は道を外れて森の中へ突っ込こみ止まった。

回想に入り込み過ぎ、運転が疎かになっていたようだ。道が大きくカーブしているのにもう一瞬気づくのが遅れていたら事故になっていた。折角運が向いてきたというのに、全てを台無しにするところだった。

気を落ち着かせるため、卓也はタバコに火をつけた。深々と煙を吸い込み吐き出すと、ようやく自分を取り戻した。

タバコを吸いながら、さっきまで思い出していた真知子の結婚についてまた思い返す。後で知ったことだが、真知子は大学を卒業後横浜市にある会社に就職し、そこで結婚相手の彼と友人を通して出会い、彼の実家がある町田市の結婚式場で式を挙げたのだった。

あの日、真知子に再会しなければ、卓也は夢を諦めていたかもしれない。不満も言わず真面目に勤める卓也をあの営業所の所長が気に入ってくれていて、正社員にならないかと誘ってくれていた。性格に合わない仕事ではなかったし、人間関係も悪くなかった。叶わない夢を追うより、地に足をつけた生活を選ぶべきかと心が揺れていた時だった。

離れていった恋人への意地が卓也の迷いを吹き飛ばした。その日の内に宅配の仕事は辞めて、二度と真知子に出会わないように横浜市や町田市から離れた厚木市で安アパートを探し、早急に引っ越した。結果的にそれが今日の幸せにつながったのだから、真知子には感謝しなければならないだろう。

少し複雑な思いで卓也は周りを見回す。

森の中はもう完全な夜だった。車のライト以外光はなく、門を出た後だから佐賀の家の明かりも見えない。

タバコの煙を追い出すため車の窓を開けると、ひやりとした空気が紫煙を車内に押し戻して流れ込んできた。

黙々とタバコを吸っていた卓也は突然、妙な感覚に気づいた。

木も生き物に違いないから、動物ほど顕著ではないにしろ気配がある。音に聞こえない、生命の息吹と言えばいいだろうか。しかし、今この森に漂う気配は、普通の森から感じられるものとは異質だった。生命の温かみがないしんとした冷たさに加えて、何かが息を潜めてこちらを窺っているような緊迫感を覚える。

が、「気のせいだ」と卓也は臆病な自分を叱った。面接に向かう時に自分に言い聞かせたではないか。この道を通うことになるかもしれないのだからマイナーな感情は持つべきではない、と。

ふと視線を上の方に向けると、枝葉に隠れるように木製の巣箱が掛けてあった。

森の木に巣箱。一見何でもないことのようだが、何故ここにあるのか、少し不思議に思った。敷地内の『庭』の木になら、幸子に生きものへの興味を育てるためだろうと納得できる。だが、山道の途中のここでは、気軽に良江が幸子を連れて歩いて来られるとは思えない。わざわざここに巣箱を掛ける意味がないのだ。

いや、もしかしたら幸子の敷地外への外出を促すためかもしれない。

もし幸子があの家の敷地内から出るのを嫌がったら、佐賀夫婦は無理には幸子を連れて出ないだろう。だから、自発的に幸子が敷地外へ出るようにあの巣箱を――そう考えかけて、卓也は自ら思考の穴に気づく。佐賀が年齢的にもあんな高い位置に巣箱を掛けられるはずがない、ということに。では誰が何故ここに巣箱を掛けたのだろうか、と考えを巡らそうとして、卓也は煙と共にため息を吐き出して頭を一つ振った。

理由が分からず奇妙に思うのだったら、佐賀か良江に聞けばいいのだ。世の中不可思議に思えることでも理由が分かれば「何だ、そうだったのか」と拍子抜けするくらいあっさり理解できることの方が多いのだから。

卓也はもう一度巣箱を見上げた。

単なる巣箱だ――と思う一方で、鳥の出入り口となる穴が漆黒の世界の入り口のように見える。

ひんやりと静まっている巣箱。あの巣箱には鳥などいない。

いるとすればそれは鳥ではない何か、だ。

「そんな訳ないだろう」

卓也は声に出して自分の妄想を否定する。

またバカな考えが浮かばない内にと、卓也はタバコを車内の灰皿でもみ消して慎重に車をバックさせ道に戻した。

ブレーキランプの赤色に染まる木々の、奇怪な形の影が卓也の想像力を悪い方へ引っ張り恐怖心を煽る。情けない。これではまるで壁の染みを化け物に見立てて怯える子供ではないか。度胸がある方ではないと自覚しているが、これほどまで小心者だったとは。

明るい音楽でも聴きたかったが、ＣＤも何もない。せめてラジオでもとスイッチを入れたが雑音が酷くて聞けず、卓也は森の出口へひたすら急いだ。

車のヘッドライトがようやく出口を捉えた。息を詰めたまま森を――私道を出る。

と、同時に。


アーハハハハハ！


いきなり車内に女の大きな笑い声が溢れて、驚きの余りブレーキを踏んだ。

それホントの話ですかあ、と問いかける女の声に、ホントですよお、ネタじゃないっすよと笑い交じりの男の声が答えるのを聞いてラジオの声だと気づいた。

再び大音量で笑い声が響き、慌ててボリュームを下げたが、鼓動の速さは下げられなかった。私道と公道もラジオの受信も同じ境目なのだろうか。いや、ラジオはさっき切ったはずなのに。何かの加減でスイッチが入ったのだろうか。

ふと目を向けたルームミラーに、背後の森が映っていた。木々の黒々としたシルエットが昼間とはまた別の不気味さを見せつける。

いや、こっちの方が本性なのだ。昼の内には葉陰に隠している禍々しさが、日暮れと共に滲み出してくる。闇はその色だ。

卓也はルームミラーに背後の森が映り込まないよう上に向け、車を出した。街の明かりの中に入るまで、後ろは見なかった。車を駐車場に入れた後は近くのコンビニに寄り、しばらく雑誌を立ち読みした。あの森からついてきた空気を完全に払い落としてからでないと、電車に乗る気になれなかった。

第三章

1

家を出る時思いついて、押し入れの奥の箱からボックスティッシュほどの大きさの茶色の熊のぬいぐるみを取り出した。いつだったか気晴らしに行ったゲームセンターのクレーンゲームで取った物だ。幸子に持っていってやれば可愛さに興味を示してくれるかもしれないと思い、紙袋に入れた。それからポップス系のＣＤを何枚か用意した。音のない車内の不気味さは前回の勤務で懲りた。好きな曲を聴きながらなら、少しは気も紛れるだろう。佐賀邸の私道への嫌悪感は、通り慣れれば少しは薄まるはずだ。

作家になるための足がかりがそこにある限り、不得手があっても克服していかなければならない、と自分を奮い立たせた。

佐賀の家に着くと、幸子が庭に出ていた。横には麦藁帽を被った男がいて、二人とも背を向けてしゃがみこんでいた。男は佐賀だと思っていたが、花壇を手入れしている様子を見て末吉という庭師だと分かった。

「こんにちは」

卓也が声をかけると、幸子が振り向いて立ち上がった。末吉も立ち上がったが、こちらを向こうともせず無言で去っていった。

無愛想な、と顔をしかめかけて、思い出した。あの人は人と話すのが苦手だったのだ。

「こんにちは、さっちゃん。何してたの」

幸子の手は土に汚れ、花壇の傍には花の種の袋があった。

「花の種を蒔いてたんだね。きれいな花が咲くといいね」

幸子は頷いたが、例によって声は聞けなかった。

「手を洗ってきてくれる？　さっちゃんにお土産があるんだ」

お土産と聞いて幸子の表情がわずかに動いた。こんなところは普通の子供と変わらない。

「あなた、光新社（こうしん）の野上（のがみ）さんからお電話……」

玄関の方から回ってきた良江が、卓也がいるのを見て言葉を途切れさせた。

「あ、あら、先生。いつおいでに？」

「たった今です。佐賀先生はこちらにはいらっしゃいませんが」

「じゃあ、どこへ行ったのかしら」

おろおろと周りを見回す良江に、卓也の背後から声がかかった。

「父様なら、多分洗面所よ」

幸子がはっきりした声でしゃべるのを初めて聞き、卓也は酷く驚いた。呟きにも似た小声で単語のような言葉しか話せないのだと思っていたが、それは卓也に――他人に対してだけだったのだ。

そうだ、佐賀も言っていたではないか。私たちには普通に話す、と。

「そう。ありがとう。先生、ちょっと失礼します。急ぎますもので」

「え、ええ。お気遣いなく。僕はさっちゃんと庭にいますから」

良江はそそくさと家に戻っていった。電話の相手を待たせているからと言うより、卓也と話を続けるのを避けたという感じがした。

何故だろう。声もかけず勝手に庭へ回り込んだのが気に入らなかったのだろうか。

幸子にそれとなく聞いてみようかと振り返ると、手を洗いに行ったのか幸子はいなくなっていた。庭に一人取り残された卓也は、奇妙な気まずさを味わった。手持ち無沙汰を感じて、足元の綺麗に土がならされた花壇に目を向ける。

卓也が来た時、幸子は花の種を蒔いていた。庭師の末吉と一緒に。ということは、末吉は歴代の家庭教師とは違って、問題なく幸子とコミュニケーションが取れるのだ。並んで親しく作業ができるくらいに。

吃音のせいで他人とあまりしゃべりたくない人だと聞いたが、子供相手は別なのだろうか。

ふいに『庭師』から連想した考えが、卓也の頭に浮かんできた。

もしかして、山道で見た巣箱は末吉が掛けたのではないのか。庭師なら、木々の剪定で高いところにも上がるだろうから、あの高さに仕掛けることもできそうだ。庭でなく山道の木なのは、庭にはない種類の木でその木にしか巣を作らない鳥のため、とか。巣箱に鳥が入ったら、幸子を連れていって見せてやるつもりだったのでは。

自分の想像に耽ってぼんやりしているところへ、良江が戻ってきた。

「先生、先程は申し訳ありませんでした」

おっとりと微笑む良江は怒っている様子などない。さっき感じた変な雰囲気は勘違いだったようだ。

「いえ、僕の方こそ勝手に庭まで入り込んでしまって、すみませんでした」

謝罪した後、卓也は山道の巣箱について聞いてみた。

「あの、ここへ来る山道の木に巣箱が掛けてあるのを見たんですが、あれは末吉さんが？」

いいえ、と良江は笑って首を横に振った。

「あれは地元の野鳥保護の会の方々が掛けられたんですよ」

この辺りの野鳥の実態調査のため巣箱を掛けさせて欲しいと頼まれ、佐賀が許可したそうだ。

「ああ、そうだわ。調査のために保護の会の方が山に入るそうなので、もし見かけてもびっくりしないでくださいね」

伝えるのを忘れていたと笑う良江を見て、心底ほっとした。

同時に自分の臆病さを笑う。

それみろ。聞けば不思議でも奇妙でもない、世にありふれている理由じゃないか。幽霊の正体見たり枯れ尾花、だ。佐賀が人嫌いの変わり者との風評が頭にあるから、文芸関係以外の人間と交流があることを考えつかないのだ。

偏狭な思考はおかしな誤解しか生まないと反省する。

「あら？　先生、幸子はどこへ？」

ここにいたはずの娘がいないことに気づいた良江に、

「さっき手を洗いに行きました」

卓也が答えた時、幸子が戻ってきた。

「手はきれいになったかな」

卓也の問いに、幸子は頷いておずおずと両手の手のひらを見せた。

「うん、きれいだ。じゃあ、さっちゃん、これどうぞ」

手に提げた紙袋から熊のぬいぐるみを取り出すと、幸子は思った以上の反応を示してくれた。目を輝かせて熊を受け取り、抱きしめて頬ずりする。小さく細い声だったが、礼も言ってくれた。

「まあ、先生、ありがとうございます。よかったわね、幸子」

良江が笑いかけると、幸子もうっすら笑った。

「ずっと仲良くしてあげてね」

卓也が言うと、幸子は「はい」と卓也に聞こえるくらいの声で返事をした。プレゼントは功を奏したようだった。


ぬいぐるみが気に入った幸子は良江に相談して、毛の色が栗色であることから『マロン』と名付けると、自分の部屋から色々なリボンが入った小箱を持ってきた。この家を訪れる編集者が時々手土産に持ってくる菓子の詰め合わせなどに使われている綺麗なリボンを取って置いているらしい。そういうところを見ると、やはり普通の少女だと思う。

幸子は箱の中からマロンの首に飾るリボンを時間をかけて選んだ。沢山あるリボンに迷いながらも、最終的に選んだのは向日葵のように鮮やかな黄色のリボンだった。

つやつやと光る黄色のリボンを首に巻かれたマロンは、何となく得意そうな顔をしているように見えた。

2

午後、マロンを抱えた幸子と庭でシャボン玉遊びをしていると、玄関前にタクシーが乗り入れてきたのが見えた。

スーツ姿の男性が一人玄関へと入ったから、仕事で編集者の誰かが佐賀を訪ねてきたのだろう。編集者がここへ来るのは多分原稿を取りに来るとか、次に出版する本についての打ち合わせのためなのだろうが、編集者の方からこの辺鄙な場所にある家に訪ねてくる、というところに佐賀の大作家ぶりを感じる。

が、彼らが家に来るのは良江が淹れる紅茶が旨いのも一因だそうだ。それを聞いた佐賀が「うちは喫茶店じゃないぞ」と怒って、自分が淹れた苦い茶を良江が淹れたと偽り編集者たちに飲ませた話をユーモアたっぷりにエッセイに書いていた。

飲まされた苦い茶を「夫婦げんかした奥さんの八つ当たりだな」と思い、佐賀に「先生の方から奥さんに謝った方がいい」と助言した編集者――木下からの連絡はまだない。

原稿を預けたのは一昨日だからしかたがないとは思うが、やはり一分一秒でも早く結果が知りたい。佐賀邸にいる間は意識が仕事に向いていているからまだいいが、それ以外は常に携帯電話の着信音が鳴らないか気にして、ジリジリした気分で木下からの返答を待っている。なまじ期待が大きいだけに、待つ時間がとてつもなく長く感じる。

しかし待つしかないのだ。こちらから問い合わせることができる立場ではないのだから。

帰り際、玄関で佐賀に呼び止められ応接室へ招かれた。

部屋へ行くと、木下と同年輩の男性がいた。庭からちらりと見えたのと同じ色のスーツを着ているので、来客はこの人だったのだろう。小柄で丸っこい体型に合わせたような丸い眼鏡をかけ、人当たりの良い笑顔を見せてはいたが、眼鏡の奥の瞳の鋭い光が彼の本質を証明していた。

「野上君、紹介するよ。この人が津田君だ。で、津田君、こちらは光新社の野上君。月刊『びりいぶ』の編集長をしている。君の話をしたら、ぜひ会ってみたいと言うのでね」

「あ、あの、はじめまして。津田卓也です。よろしくお願いします」

ここでもう一言自分を売り込むうまい言葉が出ればいいのに情けない口下手で、卓也は決まりきった挨拶しかできなかった。

しかし、それがかえって良かったようだ。

「なるほど、文現出版社の木下さんが気に入る訳ですね。あの人は作品以外で自己主張する作家は嫌いだから」

「本人が自己主張の強い男だからね」

「違いありません」

佐賀たちは笑い合い、卓也に席を勧めた。

「あの、木下さんが何か私のことをお話しくださったんですか?」

卓也がソファーに座りながら率直に野上に問うと、彼は癖のある笑顔を見せた。

「ええ、津田さんが木下さんに原稿を預けられた日だろうと思いますが、私に電話してきましたよ。佐賀先生のところに面白いものを書く、見どころのある男がいたぞ、って」

「み、み、見どころがあると、きの、木下さんが？　本当ですか？」

思ってもみなかった褒め言葉に、卓也の心拍数は急上昇した。

「木下君と野上君は昔から何でも張り合う仲なんだよ。人でも店でも、いいものを見つけたら即行で電話をかけて自慢するんだ。お前より先にこれを見つけた、と言いたいんだよ」

佐賀がそう言って笑った。

それが本当なら、自分は木下にとって自慢に値する存在、ということになる。あまりにもありがたすぎる話のため、実は佐賀と野上が自分をからかっているのではないかと疑いたくなった。

「で、佐賀先生からお聞きしたのですが、津田さんは今、幻想小説をお書きになっていらっしゃるそうですね」

「は、はい。佐賀先生の足元にも及ばない、拙い物ですが」

「他のジャンルの小説をお書きになるつもりはありませんか」

三十枚でいいんですが、と続ける野上に、卓也は慌てて問い返す。

「あの、それは、私への原稿の依頼なんでしょうか」

「もちろんです。いかがですか」

「ぜひ書かせてください！」

意気込んで言う卓也に、野上は目を細めて笑う。傍らに座る佐賀をちらりと見やって、皮肉めいた口調で言った。

「いいですなあ、若い新人は。素直で、謙虚で。『いきなりそんな依頼を持ってきて、すぐに書けると思っているのか！』と怒鳴る先生もいらっしゃるのに」

「全くだ。私の若い頃とそっくりだね。控え目で、編集者の無理難題に文句一つ言わないところなど、特に」

佐賀は澄ましている。野上はあてつけがましくため息をつき、卓也に話を続けた。

「実はその無理難題なんですよ。原稿の締め切りが二週間後なんです」

予定していた作家が急病で入院してしまい、その代打なのだという。

光栄過ぎる話だが、素朴な疑問がつい口から漏れた。

「とてもありがたいお話ですが、私のような無名の者でよろしいのでしょうか」

卓也はプロとしてデビューもしていない、アマチュアだ。そんな人間に原稿を依頼するなんて、無謀と言うより狂気の沙汰だ。

「そろそろ新しい書き手を開拓しようとしていたところです。が、隠し事なしに申し上げましょう。本当は少女小説分野でそこそこ名の売れている女流作家さんに依頼すると決まりかけていたんですが、私の独断であなたに変更しました」

「何故、そんな」

「津田さんはうちの出版社が主催の藍川文学賞の第八回と九回連続で最終選考に残っていらっしゃいましたね。その二回、私は選考委員をしていて、あなたの作品を読みました。結果は残念でしたが、私はその時の受賞作品よりあなたの作品の方が記憶に残っています。あなたには他人にはない何か特別な感性がある。そこに賭けてみたいんです」

野上の熱心な口調は、卓也をおだてようとするお世辞には聞こえなかった。

「掲載する『びりいぶ』は二十代から三十代の女性向きのライフスタイルとファッション中心の雑誌ですので、その年代の女性を対象にしたものをお願いします。その線さえ守っていただければどんな話でも結構です。とりあえず十日後までに仕上げてもらえれば、細かなチェックができるんですが、どうでしょうか」

「やります。ぜひやらせてください」

野上は頷いて右手を卓也に向けて差し出した。

「期待しています。なかなか人を褒めない木下さんが、津田さんの作品を褒めていましたからね。私からも同じ称賛を贈れるよう、実力を発揮してください」

握手を交わした野上の手は、力強く卓也を励ました。

3

思いがけない幸運を逃したくない一心で飛びついた仕事だったが、いざ書こうとすると何も書くことができなかった。

若い女性向けと言われても、何を書けばいいのか分からない。内容自由という条件がかえって卓也を迷わせた。恋愛話が一番無難だとは思うが、生憎話を思いつくほどの実体験がない。好きになった女の子は何人かいたが、告白しないまま終わった。仲の良かった女の子はみんな友達の彼女で、友人の域を出ない付き合いだった。

恋を意識し、恋人として付き合ったのは真知子だけだった。

真知子とは同じ高校だったが、高校時代には彼女と話したことは一度もなかった。彼女は明るく溌剌とした人気者で、生徒会の副会長を務めたほどの優秀な女性だった。偶然同じ大学に入り、偶然同じサークルに入らなければ、おそらく一生口を利く機会などなかった、遠い存在だった。

だから、真知子が自分のことを知っていたのには驚いた。

卓也自身ははっきり覚えていないが、高校二年生の時、体育祭の団別対抗リレーで転んで勝利を逃した下級生へ非難が集中する中で卓也一人が彼を庇って慰め、その上怪我に気づいて救護所に連れていったことがあったらしい。

――何て優しい人なんだろうって感動したのよ

記憶に定かでないことを褒められてどう反応していいか分からず、照れ臭さもあって卓也はただ無言で微笑んだ。真知子はその静かな笑顔が好きだとも言ってくれた。

卓也も、思ったことははっきり主張する凛とした真知子が好きだった。

真知子の笑顔が儚く浮かんで消える。以前ならもっと切ない痛みを伴って思い出す笑顔だった。痛みがなくなったということは、気持ちの整理がついたということなのだろう。

終わった恋は美しい――卓也はそれを書こうと思った。しかし、イメージばかりが先行して思うように書けず、納得のいく物に仕上がらない。無駄に時間が過ぎていくようで、卓也は焦るばかりだった。

この仕事は絶対に失敗できないのだ。ほぼ決まりかけていた作家を押しのけて野上が用意してくれた仕事なのだから、失敗すれば彼の顔に泥を塗ることになる。何としても野上の期待に応えなければならない。

そして佐賀の厚意にも。

偶然幸子と相性が良かっただけなのに、佐賀は大物編集者二人への紹介という想像以上の人脈を惜しげもなく卓也のために使ってくれた。

おかげで作品の出版の機会と商業誌に掲載予定の短編小説の依頼という、小説家になるための願ってもない足がかりができた。卓也が幸子の家庭教師をする条件の一つで、佐賀も了承したことではあるが、余りに過ぎた厚意に娘を思う親心を食い物にしているようで気がひける。

が、千載一会のチャンスなのだ。これをものにできなければ、自分に作家としての将来はない。そう自分自身を鼓舞してバイト以外の時間を全て執筆に充てパソコン画面に向かうものの、何度書き直しても書き直す度に悪くなる気がしてイライラしてくる。

それに比べて、幸子の家庭教師は予想以上にうまくいっていた。卓也が来るようになって、幸子が明るくなったと佐賀夫妻は言う。幸子が夕食の席で、卓也と遊んだ話を楽しそうに語るのだと聞いても、卓也には想像もつかない。卓也の前では、幸子は相変わらず無口で無表情なのだ。

しかし卓也は幸子と過ごす時間が嫌ではなかった。変に大人びて生意気な口を利く子供を相手にするよりずっといい。言葉が通じない訳でも、暴れる訳でもない。静かで可愛い少女といる時間は、卓也が抱える様々な悩みを忘れさせてくれる時間でもあった。

幸子は手先が器用で、折り紙が得意だった。卓也も鶴などのよく知られている物の折り方は昔幼稚園などで習ったはずなのに、忘れてしまっている。折り紙に関しては幸子が先生となり、色々な物の折り方を教えてくれた。

特に幸子がお気に入りのカエルは、尻を指で押さえてパッと離すと後ろ足の部分がバネの役割をして飛び跳ねる面白さがあり、何匹も折った。どちらのカエルが良く飛ぶか、楽しく競争もした。

本末転倒だが、今の生活を支える本業である家庭教師の仕事がいい息抜きになり、どうにか指定された日までに原稿を仕上げて送ることができた。

4

野上に連絡すると彼は不在だったが、代わりに電話口に出た相手が原稿のチェックが出来次第連絡すると約束してくれた。

「野上から聞いております。これから最も活躍が期待される方だと。これからもどうぞよろしくお願いいたします」

風が自分の旗へと吹いている――そんな気分だった。

佐賀から自宅近くに駐車場を借りてもいいとは言われていたが、しばらくは最寄り駅まで電車を使い、駅前から佐賀の家までを借りた車で通勤することにした。

電車は車で通うより時間はかかるが、乗っている時間を利用して図書館で借りてきた最近注目している作家の本を読んだり、新しく書きたい作品の構想を練ったりできるからだ。電車通勤は別に嫌ではないし、一番避けたかった佐賀の私有地の山道を歩いて通わなくていいだけでありがたいと思っている。

しかし正直遠距離通勤はしんどいので、佐賀の家でのアルバイトが続きそうなら、金を貯めて近くに引っ越すつもりだった。佐賀に引っ越し費用を借りられないか相談すれば、今なら彼は貸してくれるかもしれない。けれどそれはしたくなかった。

佐賀には自分が望んだ以上のことをしてもらっている。高い給料。通勤の足となる車の貸与。旧知の編集者の紹介。これ以上望むのは強欲すぎる。

欲が深すぎて身を滅ぼした話はこの世にいくらでもある。その一例にならないためにも、謙虚さは残しておかなければならないと自分を戒めた。

佐賀の家へ通う度に、森の緑は深く濃くなっていく。春から夏へかけての自然の摂理だと分かってはいるが、卓也には気が重い現象だった。

何故か昔から卓也は木の茂る場所が嫌いだった。森林浴だのキャンプだの、好んで行く奴の気が知れない。大学に進学して一人暮らしを始めた時も、わざわざ近くに公園などない街中の味気ないアパートを選んだほどだ。今住んでいるアパートも雑居ビルが立ち並ぶ雑多な街の裏通りにあり、緑などほとんど見かけない。

そのせいか、何度通っても森の道は馴染めなかった。風景を楽しもうとする気がないから尚更なのだろうが、初めてここを訪れた時に感じた不安が毎回胸を過ぎる。本当にこの道でいいのか、と。永遠にこの森が続くのではないか、この森から出られなくなるのではないかと馬鹿げた妄想に取りつかれそうになる。

それほど長い距離を走っている訳でもないのに、この森に入ったとたん時間が間延びしていくように感じられるのだ。だから森を抜けて佐賀の家に着くと心底ほっとする。

ただ、いつ来てもこの家は人の気配を全く感じさせなかった。

玄関で声をかけて良江の迎えを待つ間（勝手に庭に回り込み気まずい思いをして以来、必ず玄関から入って良江の案内を請うようにした）誰もいないのではないかと妙な胸騒ぎがすることもある。家が広く物音が伝わり難いからかもしれないし、住人が物静かな年寄りと無口な子供だからかもしれないが。

もう一つ怪訝に思うのは、ここには生活臭がないことだった。家中どこも磨き込まれていて埃一つなく、窓ガラスのくもりもない。花瓶の花は常に新しく、室内のインテリアは雑誌の一ページのように整い過ぎていて、映画のセットの中にいるようだ。

考えてみると、良江が家事をしている姿を見たことがない。元々身体が弱く家事労働も満足にできないため家政婦を雇っていると聞いたが、その家政婦もあれから一度も見かけない。庭師もだ。

キクも末吉も頼んだ日にだけ仕事に来るのだそうだが、卓也が来る日と完全にすれ違っているから会わないだけなのだろうか。それにしても、干した洗濯物一つ見かけないというのもまた不可思議だった。

しかし一番卓也を悩ませたのは、度々起こるおかしな幻覚だった。

白日夢ではない。単に深く思いに耽り、我を忘れているのとも違う。ふとした弾みに、過去の記憶がまるでその場に舞い戻ったようなリアルさで目の前に現れるのだ。それも、高校時代の文芸部の定期作品評論会で、一つ下の女子部員が書いた恋愛詩を「一時代昔の安っぽい流行歌のようだ」と酷評して泣かせたことや、大学のサークルで信州の山へキャンプに行く計画が持ち上がった時、卓也が強行に反対したため話が拗れ、計画が白紙になったばかりか友人とも気まずくなってしまったことなど、思い出したくもない嫌な記憶ばかりだ。

幻覚は卓也の感情を改めて傷つけ、その激しい心の揺らぎに呼応するかのように唐突に消える。もう決して訂正できない過去の過ちを卓也に確認させているかのようだった。

その時はその時の事情や卓也の気持ちの展開でしかたなかったと済ませてきたことでも、こうして見せつけられると他人への思いやりのない言動に自分のことながら腹立たしくなる。自分は酷くわがままで冷淡な人間だと落ち込んでしまう。

それに加えて、この家に設置されている立体映像が卓也の心の安定を乱した。幸子の肩に止まる小鳥や本棚に咲くタンポポなど見てほほえましいものも、映像がリアルであるが故に度重なると現実なのか映像なのか判断に迷ってくる。幸子と外で遊んでいる間に良江が用意しておいてくれたケーキを映像と思い込んで手で払い、台無しにしてしまったこともあるし、逆に部屋の中を飛び回る揚羽蝶を外に出してやろうと五分も追い回してようやく映像と気づいたこともある。

耐えかねてそれとなく良江に相談したが、幸子が卓也の気を引こうといたずらをしているのだろうと済まなそうに謝られると、装置を使えないようにして欲しいとは言えなかった。

奇妙な幻覚とリアルな映像に惑わされて、見るもの全てに現実感が持てなくなりそうになる。が、それは佐賀の家にいる時に限られるため、子供の家庭教師という慣れない仕事の疲れと、作家への道が急に開けてきた期待と不安が重なって、精神が不安定になっているせいだとも思えた。

安定を欠いた精神は、夢にまで影響した。

卓也は近頃悪夢を見てうなされ、目を覚ます。夢はいつも同じ夢だと思うのだが、何度見ても目が覚めると内容を忘れてしまう。ただ恐怖だけがべっとりと身体に名残を残し、疲れを倍増させた。

あまりに心身の調子が悪いので、一度は真剣にしばらく家庭教師を休もうかと考えもしたが、折角ここで掴んだ運までも失ってしまいそうな気がした。この機会を逃せば、もう永遠にチャンスは巡って来ず、今までの努力は何の意味もないものになってしまいそうに感じる。

人生にはいくら苦しくても踏ん張らなければならない場面がある。今がまさにその時なのだ。

全ては環境の変化による緊張のせいだと自分に言い聞かせて、卓也は佐賀の家へ通い続けた。

待ちかねている木下からの連絡は一向になかった。思い切ってこちらから電話してみようかと何度も考えたが、結局できなかった。あっさり、駄目だったと言われるのが怖い。それよりは待つことで希望をつないでいたかった。

木下より先に、『びりいぶ』の編集者から電話があった。

「原稿を読ませていただきましたが……その……」

言葉を濁した相手に、卓也は悪い予感がしたが、当たっていた。

「話そのものは悪くないんですけどね、主人公の男が持っている女性観が古過ぎるんですよ。それに、男性側からの視点に偏ってるのも気になります。うちの読者の大半は若い女性ですから、こんな男性本位に書かれたものは反感があるかと……」

もっと読み手の心理を考えて書いて欲しいんですが、と相手はぼやいた。

「すみません。書き直しさせてください。もう一度チャンスをください」

卓也は必死に頼み込んだ。作家としての初めての仕事を、こんなつまずきで失いたくなかった。

「まあ、締め切りも近いし、今更他の人に頼む時間もありませんからね。……ぎりぎりあと三日間は待ちますから、お願いします」

電話が切れた後も、

——こんなことなら、最初から候補に上がっていた作家に頼めば良かったのに

——編集長もどうしてこんな素人を

相手の、言葉にしなかった不満が聞こえてくる。

幻聴を振り切って、卓也はパソコンに向かい、送った原稿の原文を呼び出す。

感覚が古い。読み手の心理を考えていない。欠けているものが多すぎて、埋められない。この原稿のどこをどう直せば、女性に共感されるものになるだろう。

自分には本当は作家としての才能なんてなかったのではないだろうか。単なる社交辞令を勘違いして、思い上がっていただけなんじゃないだろうか。

キーボードの上で止まったままの指先を見つめながら、卓也はため息をついた。

5

気が滅入ることはそれだけではなかった。一時の幸運に浮かれて忘れていた厳しい現実が、月末を待たず押し寄せてきた。

唸りながら原稿を書き直していると、部屋のドアが無遠慮にノックされた。来客の応対にすら時間が惜しかったので無視していると、今度は怒鳴り声がした。

「津田さん！　いるんだろっ！　居留守使っても駄目だよっ！」

訪ねてきたのは、よりによって今一番会いたくなかったアパートの大家、北原(きたはら)トキだった。

卓也が住むアパートは古いが家賃は格段に安い。一年ほど前、厚木市へ引っ越す時、不動産屋で家賃だけを条件に紹介してもらい、選んだのがここだった。

すぐ入居できたのはいいが、他の住人は何故か揃って独身の男、それも、歳もはっきり分からず、どう見ても普通の勤め人には見えない、何をして暮らしているのか見当もつかない怪しい雰囲気の人物ばかりだった。そんな得体の知れない住人たちが住むこのアパートの大家が隣の一軒家の主のトキだ。

家賃は口座への振り込み形式であり、設備等に何もトラブルはなかったので、入居初日に挨拶したきり、彼女とは全く交流はなかった。

しかしふた月ほど前から家賃を滞納してからというもの、こうして度々催促に来るようになった。

「津田さん、家賃の振り込みがまだされてないようだけど、払う気があるのかね」

おそるおそる応対に出た卓也の顔を見るなり、トキが怒鳴った。

トキは年齢不詳の婆さんで、きつい性格の上に言葉が荒い。家賃を滞納した自分が悪いのは分かってはいるが、卓也は誰より彼女が苦手で、できるだけ会いたくなかった。

「すみません。あの、新しい仕事に就いたんですが、まだ給料をもらえてないんです。月末には給料がもらえるので、その時に振り込みますから」

未払い分を一気に支払うのは無理だとしても、とりあえず今月分だけは確実に払える。残りの家賃も分割になるかもしれないが順次払っていくと説明したが、トキは納得しなかった。

「はっ、先月もその前の月も家賃が払えなかったのに、今度の仕事は払えるって言うのかい。あんたの話は当てにならないね」

小柄で痩せた年寄りだというのに、睨む目には妙な迫力がある。

「二ヶ月、いや、今月を入れて三ヶ月分、一度にくれなんて言わないよ。けど一ヶ月分だけでも払ってくれなきゃ帰らないからね」

月末に給料が入ったらすぐに振り込むと言っても、トキは納得してくれなかった。

「金がないなら、あれを質屋へ持っていって金に換えてくりゃいいじゃないか」

トキがパソコンを指差す。

「あれは仕事に必要なんです。あれがなきゃ、仕事ができない」

「仕事？　どんな仕事してんだい。隣に聞いたら、あんた近頃しょっちゅう部屋にいるそうじゃないか」

「毎日出勤しなくてもいい仕事なんです」

詳しく説明するのも面倒で簡単に答えると、ふん、とトキは鼻を鳴らした。

「馬鹿馬鹿しい。そんな都合のいい仕事があるかい。いい歳した若い者が日中からブラブラして。金がないんだったら働きな！　働いて、家賃払いな！」

「絶対、本当に、月末に払いますから。今日は勘弁してください」

卓也は頭を下げた。同じように家賃を滞納してこの因業大家に叩き出された住人がいるのを、卓也は知っている。

トキの視線が、しばらく卓也の下げた頭に注がれた。

「……それじゃ、誓約書を書いてもらおうか」

「えっ？」

思わず頭を上げた卓也に、トキが白紙の紙とペンを突きつけた。

「これに……そうだねえ、とりあえず一ヶ月。今月末に一ヶ月分の家賃を支払う、払えなかったら退去すると書いて、判子押しとくれ」

「月末まで待ってくれるんですか」

トキはこれ以上ないほど顔をしかめて、悪態をついた。

「逆さにしても鼻血も出ないってんじゃ、しかたないだろ。でもあんたの言うことは信用ならないから、支払いは振り込みじゃなくて現金で直接あたしの家まで持っておいで。もし、あんたが夜逃げでもしたら、親に払ってもらうからね」

卓也は紙とペンを受け取り、言われた通りの誓約書を書いた。

両親には迷惑をかけたくなかった。今までどんなに困ろうと、金の無心は一度もしていない。それでも義母は卓也を心配して、父に内緒で何度か金を送ってきたが、毎回送り返した。苦労して入れてくれた大学を勝手に辞めた申し訳なさもあったし、近い将来作家として大成してみせるという自負もあった。

ないのは運だ。佐賀に出会うのがせめてもう一ヶ月早かったら、こんな惨めな思いはせずに済んだのに。

ため息をつきかけたところへ、開け放されたままの戸口の外から声がした。

「津田卓也って奴、ここにいるか?」

入り口にいるトキの脇から覗くと、廊下にスーツ姿だが堅気には見えない三十代半ばくらいの男が立っていた。

「僕ですけど。あの、何か」

「貸した金、返してもらいに来たんだよ」

横柄に言う男は全く見覚えがなく、借金した覚えもない。

「大沢（おおさわ）って男、知ってるだろう。レンタルビデオ店の店長だった奴だよ。俺、あいつに金貸してんだ」

「僕はあの人とは何の関係も」

彼はトキを押しのけて懐から紙を取り出し、卓也の眼前に晒した。それは借用書で、保証人の欄に卓也の自筆で名が書かれてあり、判まで押してあった。

「あの男、夜逃げして行方知れずになりやがった。だから、あんたに払ってもらうのが当然だろう」

「そんな。僕は保証人になった覚えなんて……」

言いながら記憶を辿り、一つ思い当たる。

バイトに採用された時、書かされた雇用契約書などの書類。

――この店はチェーン店だから、店と本社両方に書類を保管するために書いてもらう物の数が多いんだよ
急がせて悪いが今からちょうど本社へ送る書類があるから一緒に送りたい、と事務所の狭い机に彼が重ねて並べた書類何枚かに、急かされながら言われるまま署名捺印した。まさか、あの中の一枚が。

「利息込みで、三十万。払ってくれるよな」

「さ、三十万！　冗談じゃない！」

叫んだ卓也の胸元を男は掴み上げた。

「こっちこそ冗談じゃねえんだよ！」

そのまま突き飛ばされて、起き上がる間もなく脇腹を蹴られた。更に殴られそうになった時、トキが電話する声に、男は手を止めた。

「ああ、春田（はるた）さんかい？　あたしだよ……そう、北原だ」

「今、あんたのところの若い子がうちの店子のところに集金に来てるんだけどさ、もし部屋を壊したら、修理代はあんたに請求していいかね」

「ちょっと待て！　クソババア、春田って――」

険悪な目を向ける男に、トキは平然と携帯電話を突きつけた。

「春田さんがあんたに代われってさ」

「嘘つけ！　何でてめえがうちの社長を」

怒鳴りながら携帯を引ったくった彼は、電話に出るなり身体を硬直させた。

緊張した声で電話の向こうの相手に相槌を打つだけの短い電話が終わると、化け物を見るような顔でトキに携帯を返した。

「婆さん……あんた何者だ？」

「このアパートの大家だよ」

面倒臭そうに答えたトキに、彼は更に問う。

「社長とどういう知り合い……いや、その前に、何で俺が小春日金融の人間だって知ってんだ」

「そんなこと、どうだっていいだろう」

トキに睨みつけられて、彼はわずかに身を退いた。

「あたしは別にあんたの仕事を邪魔するつもりはないよ。部屋さえ壊さないでいてくれたらね」

ふと目を眇めて彼を見つめたトキは冷笑を浮かべる。

「……ああ、商売じゃなくて自分個人の金かい。イカサマ麻雀で捲き上げた賭け金、かね」

目を見開いた彼は、動揺を隠すように虚勢を張る。

「だ、だったらどうだってんだよ」

「どうも無いよ。騙される方が間抜けなのさ」

トキは卓也を一瞥すると鼻で笑った。

「その店長もこの子も苦労が足りないから人を見る目もなくて、考えも甘いんだ。自業自得だよ」

トキの揶揄に卓也もさすがに顔色を変えた。

「そんな言い方はないでしょう！　確かに内容を確認もせずに署名捺印したのは僕の落ち度だけど、騙す人間の方が悪いに決まってるじゃないですか！　それに僕だって苦労なら嫌って言うほど」

荒らげた声の上に更に強い声が重なる。

「自分から呼び込んで背負う不幸を苦労とは言わないんだよ」

トキは卓也を睨みつけてまくし立てた。

「親の言うことを聞いてきちんと学校に行って勉強して、まともな会社に就職して朝から晩まで真っ当に働いていれば、大抵は理不尽な不幸事は向こうからはやって来ないもんだ。自分が不幸を招くような生き方をしといて『苦労してる』なんて笑わせてくれるじゃないか。運が悪い他人が悪いと何かに責任を擦り付ける前に、地に足をつけて自分の甘ったれた考えと行いを少しは反省したらどうなんだい」

「ぼ、僕は自分の夢のためにこれでも精一杯努力してきたんです」

定職には就かなかったが、生計を立てるためのアルバイトの仕事はどれも真面目に勤めたつもりだ。夢を諦めなかったからこそ今日までこんな暮らしをしてきた訳で、決していい加減な気持ちで生きてきてはいない。

「ふん、いくら努力しても方向が間違ってりゃどうしようもないよ。自分の夢のためなんて聞こえはいいが、結局は我儘なだけだってどうして分からないんだろうね。そのお目出たい頭を少しでもまともに働かせる治療代だと思って、このお兄さんに三十万払うべきだね。懐が痛めば頭も痛んで、痛みで正気に返るだろうさ」

言い捨ててトキは言葉もなく突っ立ったままの男を振り返る。

「さ、お兄さん、遠慮はいらないよ。この世間知らずに社会の厳しさを存分に教えてやっておくれ」

「い、いや、オレは今日はこれで帰る」

薄気味悪そうにトキを見やり、彼は緩く首を横に振った。

「社長が何か急用があるらしいんでな」

先程の電話で会社に戻れと言われた、とトキの視線を避けるように踵を返した。

「また、来るからな」

去る前に卓也をひと睨みしたのは彼の極道としての矜持だろうが、来た時ほどの鋭さはなかった。

座り込んだまま彼を見送った卓也に、トキの静かな声がかかる。

「……あんた、悪いことは言わない。今の仕事は一度給料をもらったら辞めな」

見返すと、トキが困惑した顔で卓也を見つめていた。

「ろくなことにならないよ。仕事なら他にいくらでもあるだろ」

今まで一度として聞いたことのない、優しく親身な声だった。

「さっきの奴の借金なら、どうせまともな金の貸し借りじゃないんだから、あたしが間に入って分割で返せるように話をつけてやってもいい。だから、もっとましな他の仕事を探しな」

確かに彼女の常識で考えれば、隔日でいい仕事など胡散臭いものかもしれない。毎日働いた方が収入もいいはずだし、延いては家賃の未納もなくなると思ったのだろう。

おかしな仕事でなくちゃんとした家庭教師だと言いかけたが、卓也は「分かりました」とだけ返事した。

家賃さえ払えば、私生活にまで立ち入って文句を言うなんてなくなるだろう。あの男とのトラブルに力を貸してくれるという親切はありがたかったが、家庭教師の仕事を辞める気は毛頭なかった。

「親に迷惑かけたくなかったら、さっさとまともな仕事探して働くんだね」

そんな卓也の心中を知ってか知らずか、トキは書き上がった誓約書を拾い上げると、彼女らしい捨て台詞を吐いて帰っていった。

6

出るのはため息ばかりだった。タバコ代を節約するため灰皿から拾い出した長めの吸殻に火をつけて、またため息をつく。惨めなものだ、金がないというのは。今までだって金はなかったが、それでもどうにか暮らしてこられた。それが、ようやく幸運に恵まれ将来が開けかけた今になって行き詰まるとは。

家賃はバイト代が入れば払える。問題なのは予想外の借金と、それより先に切実に困る電気料金だ。

トキが帰った後、ドアをロックしようとして気づいた郵便物の中に、電力会社からの最終通告書が混じっていた。支払期限は給料日より前で、それまでに入金しないと電気を止められてしまい、今引き受けている原稿が書けなくなる。

給料日までの電車賃は予め取り置いているが、これに手をつけると佐賀の家へ行けなくなってしまう。通勤の全道のりを貸してもらっている車で行くようにすれば電車賃はいらなくなるが、それには近くに駐車場を借りるのが先決で、今は探す時間も契約する金もない。

借金の方も放ってはおけなかった。騙されて署名したとはいえ、あれは立派に法的に効力を持つ。

そうでなくても相手はやくざ、集金の手段は選ばない。

——家に電話して、電気代だけでも頼もうか……いや、いっそ三十万の方も
湧き上がってくる弱気を、卓也は頭を振って払い落とした。

大学を辞める時、何があっても親には甘えるまいと心に誓い、ずっとそれを貫き通してきた。今更、信念は曲げられない。一度でも折れてしまえば、きっとずるずると何度も同じことを繰り返す。親の援助がなければ何もできないようなクズな男にはなりたくない。

サラ金で借りることも考えたが、今の卓也では相手にもしてくれないだろう。闇金は返済できなくなった時の取り立ての酷さを、このアパートの住人を実例として見て知っているので、その気も失せる。かといって、金を貸してくれそうな友人の顔も思い浮かばなかった。

作家になると大学を辞めた時、勇気があるだの男のロマンだのと持ち上げ褒め称えてくれた友人たちとは、今ではすっかり疎遠になっていた。大学中退後、半年ほどは近況を尋ねる電話がわりとかかってきていたが、一年を過ぎる頃には一件もなくなっていた。一度卓也の方から電話した友人は忙しそうで、ろくに話さないまま電話を切られた。

後になって分かったのだが、作家として一向に名の出ない卓也が生活に困り、借金を申し込みに連絡してきたのだと思ったらしい。バイト先の居酒屋に偶然来た別の友人の酔った口からその話を聞かされ、卓也は酷く傷ついた。以来、卓也の方から友達に連絡を取るのは止めてしまった。

その友人たちも、今はみんな社会で自分の場を確立していることだろう。気楽な大学生活が終われば厳しい社会に出ていかなければならない。その不安に弱気な愚痴を語り合った彼らも、現在は

責任ある仕事を任され、立派にこなしているのではないだろうか。結婚して親になった者もいるだろうし、事業を興して一国一城の主となった者さえいるかもしれない。

みんなが堅実に生きている中、卓也だけが未だに根無し草だ。

自分が選んだ道は、間違っていたのだろうか。大学を辞めず普通に卒業してどこかの会社に就職し、小説を書くのは趣味と割り切って暮らしていれば、今日のように惨めな思いをしなくて済んだのだろうか。真知子と結婚して、幸せな家庭を持てたのだろうか。

いや、そうとは言い切れない。人生、山あり谷ありだ。これが間違いなく正しいと言える道などない。

思う心が、すぐまた揺れる。

木下に渡した原稿が採用された訳じゃない。野上から依頼された原稿も、書き直しがうまくいかなければそれまでだ。作家としての未来は相変わらず不明のまま。今のバイトにしても、いつどんな事情で辞めるか、あるいは解雇されるか分からない。

不安定な人生が自分ながらに滑稽で、卓也は無理にも笑う。笑わなければ、どんどん気が滅入り果てしなく沈んでいきそうだった。

電気料金は、佐賀に前借りを頼んでみよう。今は大作家として裕福な彼も、かつては貧乏暮らしを経験した人間だ。金のない苦しさを分かってくれるかもしれない。借金の方は土下座してでも分割にしてもらうしかないだろう。あの男相手に「騙されて保証人になったのだから払わない」では到底済まない。トキの言う通り自分の迂闊さを教わった代償だと諦めて、何とか払ってしまった方が結局は安く無事に済む。

やっとここまで来たんだ。やれるところまでやってみなければ。

自分の気弱さを揉み消すように、卓也はフィルターだけになったタバコを灰皿に押し付けた。

7

翌日、家庭教師の仕事へ行く途中、後ろから声をかけられた。

振り返ると、昨日の男が不機嫌そうに立っていた。

「金は工面できたか？」

昨日の今日で用意できる訳がない。が、無駄に機嫌を損ねて感情のまま殴られてはたまらないので、まずは払う意思を見せた。

「そのことなんですが、あの、分割払いでは駄目でしょうか」

相手が顔をしかめたのを見て、卓也は嘘も方便だと言葉を重ねた。

「大家さんに相談したら、あなたに分割での支払いを頼んでみたらいいと言われたので」

昨日の態度からして彼はトキが苦手そうだったので、理不尽な要求へのけん制としてトキの名を出してみたのだが、

「あの婆さんが？」

彼はますます眉根を寄せた。が、さっきまでの剣呑さはなく、戸惑いが感じられた。卓也を睨み

つけたまま何か考えているようだったが、やがて不貞腐れたように大きく息を吐いた。

「社長が、あの婆さんの言うことはどんなことでも絶対に聞けって言うんだよ」

彼が言うには、トキは数年前まで小春日金融が入っているビルの一室で占い師をしていたとのことだった。その当時、社長はトキの言うことを聞いて何度も命拾いしていて、トキが引退した今も時々個人的に世話になっているそうだ。言われてみれば、彼女のあの得体の知れない雰囲気は、見方を変えれば神秘さにも成り得る。それらしい趣の部屋に小道具を整え座っていれば、それなりに占い師として成り立っていただろう。

やくざが（彼の上司が堅気である訳がない）占いを信じているなんて笑える話だ。

占いなど気の持ちようで、偶然が重なった結果でも占いに少しでも掠ったところがあれば当たっているように思うものだ。そして当たると思う心が、無意識に占ってもらった結果になるような行動を取らせる。それ故にまた当たる。この繰り返しを重ねたら信奉者の出来上がりだ。

トキが「今の仕事は良くないから辞めろ」と言ったのもその占いが元だったのかもしれないが、占いなど信じない自分にはその助言は無意味だった。

無機質な携帯の着信音が流れた。彼は懐から携帯を取り出し、着信メールに目を通すと小さく舌打ちした。

「呼び出しがかかったから手短に言うぞ。オレは社長からあの婆さんに絶対に手を出すな、アパートには二度と行くなと厳命された。だから、お前の部屋へは取り立てには行けない」

社長命令に従うとは案外素直な男だ。それとも、完全な縦社会で上からの命令に逆らえないだけなのか。

「それに急な仕事が入ったんで、暫く留守にする。帰ったら電話して呼び出すから、その時に金を持ってこい」

携帯の番号を問われ、卓也は自分の携帯電話をカバンから取り出しながら、恐る恐る聞いてみた。

「あの、分割の話は」

それを含めてまた連絡すると言う。

「社長からちょっと信じられないような話を色々聞いたが、だからと言ってあの婆さんの言うことをすんなり聞くのは癪に障る」

ふてぶてしく吐き捨てた後、ふと真顔になり、

「……だけどな、完全に無視もできない薄気味の悪さもあるんだよ」

似あわぬ弱気を呟いた。

社長からどんな話を聞かされたのかは分からないが、分割払いの申し出を一蹴されなかったところをみるとトキの名を出したのは効果があったようだ。もしかしたら自分が知らないだけで、トキはその筋では有名な占い師なのかもしれない。

占いというものは、いいことであっても当たれば一抹の恐怖を感じる。まして自分自身についてであれば尚更だ。強面の無法者であっても所詮は人間、基本的に深層心理は皆と変わらない。生きている人間に対して強い者ほど得体の知れないものには弱いと言うが、どうやらやくざの社長も彼もそうらしい。

彼は携帯に卓也の電話番号を登録すると、

「金が用意できなきゃ、オレの会社から借りてもいいぜ」

人悪そうに笑って名刺を卓也に押し付け、去っていった。名刺には『小春日金融　遠山伸次』と刷られていた。

借金を返す相手の名前を今更ながら初めて知ったことに気づき、自分の間抜けさがつくづく嫌になる。自分の迂闊さは三十万払っても直らない気がした。

8

昼下がりの庭で、幸子に教わりながらシロツメ草の花輪を編んでいた。

砂場の西側の一箇所に、植えたものか自生なのかシロツメ草の群生があった。独特の香りの中、卓也と幸子は花を摘む。幸子の小さな手が器用に動き、見る間に花輪を仕上げていくのに比べ、卓也の方は少しも型を成さない。

卓也は、密かに自分の不器用さにため息をつく。花輪のことではない。自分の生き方にだ。前借りの話を言い出せず、こうしてぐずぐず悩んでいる自分が堪らなく嫌だった。

花を摘もうと手を伸ばしたところに、四葉を見つけた。見間違いかと摘んで葉を数えると確かに四枚だった。自分にもまだこんな運が残っていると慰められたようで、少しだけ気持ちが和んだ。

「さっちゃん、いいもの見つけたよ」

振り向いた幸子は、卓也の差し出した四葉を不思議そうに眺めた。

「他の葉っぱは三枚だけど、これは四枚あるだろう？　四葉のクローバーって言って、持ってると幸せになれるんだって。さっちゃんにあげるよ」

幸子は四葉と卓也の顔を見比べ、やがて手を伸ばした。

幸子が掴んだのは四葉ではなかった。小さな白い手が、四葉を持った卓也の手を握る。

「さっちゃん？」

幸子がいつもの無表情のまま、抑揚のない声で尋ねる。

「……先生の幸せは、何？」

僕の……幸せ？

幸子のいる風景が、急に陰りを帯びる。

「作家になること？」

誰から聞いた？　佐賀か。良江か。それとも木下か。

中途半端な眠りから急激に目覚めた時のように、頭がぼんやりとして痺れる。

「父様のような作家になれたら、先生は幸せになれるの？」

佐賀芳文のような？　芥川賞を獲り、数々のベストセラーを生み出し、老いて尚連載をいくつも抱えるような大作家に？

なりたい。なれるものなら。

書くだけの生活がしたい。アルバイトをしながら書き溜めた小説を公募の賞へ送り続ける日々の中で、どれだけそう願ったことか。

人は夢見るだけでは生きていけない。毎日の暮らしには、経済という現実が立ちふさがる。生活費のために働きに出れば、当然その間は書けない。せっかく構想を思いついても仕事中ではメモもままならない。終業時間まで待つ間に着想が逃げてしまい、二度と思い出せないことなど日常茶飯事だ。集中して書きたくて仕事を続けて休めば、雇い主から苦情を言われる。度々休みすぎるとの理由でクビになったところもあった。その結果、また金に困る。堂々巡りの毎日。

経済的な心配なく、一日中パソコンに向かっていたかった。作家として認められ、作品が売れるようになればそんな生活ができる。

「そう……だね。作家になれれば……幸せだ」

夢見るように呟いた卓也の頬を、幸子の滑らかな手が撫でる。

「私が先生を」

……幸子が笑っている。

「幸せにしてあげるから」

……モノクロの風景の中。

「先生も私を幸せにして」

……唇だけが紅い。

ああ、と卓也は虚ろに頷いた。

「はっきりと、言葉で、言って」

幸せにするよ。

「約束よ」

目を閉じた自覚もないのに、視界が暗転した。

意識が闇の中で渦巻く何かに巻き込まれる。全てが千切れてバラバラになってしまいそうな激流に攪拌されながら、全身に闇色が染み込んでいくのを感じた。

ぐらり、と身体が揺れて前のめりに倒れそうになり、卓也は思わず手をついた。

草の感触に気づいて、見ると目の前にはシロツメ草の花群があった。幸子が少し離れたところで二つ目の花輪を編んでいる。

——何だ、今のは。うたた寝でもして夢を見てたんだろうか
幸子のオーバーオールの胸ポケットには四葉のクローバーが差してあった。

夢ならばどこからが夢だったのか。息もできない激流も、身体を闇に侵食されていく感覚も夢だったのか。これほどリアルでおかしな夢を見るほど、ストレスが溜まっているのだろうか。

「先生！　津田先生！」

良江の声だった。彼女がこんな大声を出すのを初めて聞いた。

何かあったのか、と振り返ると、満面の笑みを浮かべて彼女が応接室の掃き出し窓から手を振っていた。

「お電話ですよ！　木下さんから！」

卓也は一瞬息を呑み、すぐに立ち上がった。

「今、行きます！」

「いいえ、もう切れました！　伝言です！」

駆け出そうとした足が、止まる。

「あなたの小説、正式に出版が決まったそうですよ！」

おめでとうございます、と笑って良江は掃き出し窓から消えた。

卓也は出来損ないの花輪を握り締めたまま、呆然と立ち尽くした。喜びがもっと湧き上がってもいいはずなのに、なかなか実感として捕らえられない。

……やった。ついに、やった。

歓喜はゆっくりとやってきた。静かな、静かな興奮だった。いつの間にか涙さえ流れていた。

幸子に見られたら、と恥ずかしくなり慌てて拭う卓也の背後から、ひっそりと声がかかる。

「……約束よ」

反射的に振り返ったそこに、幸子以外いるはずもない。

幸子は卓也に背を向け、黙々と花輪を編んでいる。

「……さっちゃん？」

声をかけても振り向きもしない。

「さっちゃん！」

幸子はびくりと身を震わせて、おそるおそる卓也の方を向いた。

「あ、ああ、ごめんね、驚かせて。……今、何か言ったかな」

不安げな瞳で、幸子は首を横に振った。

「そう。さっちゃんが何かお話してくれたような気がしたから。ごめんね、びっくりさせて」

もう一度首を振ると幸子は立ち上がり、卓也の傍に歩み寄ると花輪を差し出した。子供なりに、卓也に喜ばしいことがあったと悟って祝ってくれようとしているのだ。

花輪を差し出す幸子に目を細め、卓也はその場に膝をつく。

「嬉しいな。首にかけてくれる？」

幸子は頷いて、花輪を持ち上げた。幸子が首にかけやすいように頭を下げて首を伸ばして俯いた卓也に、密やかな声が降った。


「約束、忘れないで」


卓也の背中を氷の欠片が滑り落ちた。

すぐには顔を上げられなかった。

今の声は、さっきの白日夢の中で聞いた幸子の声、そのものだったので。


帰り際、卓也は佐賀と良江の双方から祝いの言葉をもらった。

「君の名誉のために言っておくけれど、私は木下君に一言も君を売り出してくれと頼んではいないよ。評価されたのは全て君の実力だ」

「ありがとうございます」

「あなたの才能なら、アルバイトしなくても生計が立つのもすぐですよ」

お世辞でも、やはり嬉しい。素直に礼を言おうとした時、

「先生、辞めちゃうの？」

突然幸子が、初めて言葉らしい言葉と表情で卓也に問いかけてきた。

佐賀も良江も、もちろん卓也も一瞬呆気に取られた。が、卓也は驚きを隠し、にこやかに首を振って見せた。

「辞めたくないなあ。さっちゃんと会えなくなるのは寂しいから」

「ほんと？」

「本当だよ。さっちゃんのお父さんがまだ雇ってくれるなら、来たいよ」

幸子は振り返って、訴えるような目で父を見る。佐賀は驚きに丸くしていた目を細め、頷いた。

「うん、私から先生にお願いしてみよう。津田先生、お忙しくなるとは存じますが、引き続いて家庭教師をお願いできませんか」

「喜んで。こちらこそよろしくお願いします」

「よかったわね、幸子」

良江が笑いかけると、幸子は花が咲いたような笑顔を見せた。

もしかしたら、幸子は病んでなどいなかったのではないだろうか。両親を亡くして佐賀夫妻に引き取られた経緯や元々内向的だった性格に加えて、こんな山の中で穏やかで静かな年寄りと暮らしているから、他人との交流の仕方や自己表現の方法が分からずにいただけなのかもしれない。その上、今まで来た家庭教師が幸子に口を開かせようと焦って、かえって幸子を迷わせてしまったのだとしたら。

佐賀や良江が心配することは何もない。閉じこもっているからいけないのだ。色々な場所へ連れていき、同じ年頃の子供が遊んでいる姿を見せてやれば刺激を受けて積極性も出てくるだろう。近い内に幸子を遊園地へ連れて行ってやろう。動物園や水族館も……。

そこで不意に空想は途切れ、卓也の抱える現実問題がのしかかってきた。

そうだ。頼まなければ。

今日明日にも金の工面ができなければ、電気を止められてしまう。せっかく出版が決定した小説も、書き直し箇所の指示があった場合対処できなければどうなるか。

佐賀も良江も、幸子が他人とまともな会話ができるようになったと喜び、機嫌がいい。頼むなら今しかない。一言でいいんだ。

「バイト代の前借りをさせてもらえませんか」――と。

言えなかった。

老夫婦の純粋な喜びに水を差すようで、言えなかった。

帰ったら実家に電話して頼もうと決めて、佐賀夫妻と幸子に暇を告げた。

これまでの人生で最高の吉報をもらったというのにガレージへ向かう足は重かった。大学を辞める時、「自分の力で夢を叶えるから、援助は一切いらない」と大見得を切った自分が恥ずかしい。

「津田君！」

向こう見ずな過去を思い返して俯いて歩く卓也を、佐賀が追いかけてきた。

「大変不躾だが、君へのお祝いだ」

佐賀が卓也に白い封筒を差し出した。

「幸子のことの感謝の意味も込めて」

封筒の中身が何かは想像できた。今は喉から手が出るほど欲しかったが、だからこそ、素直に受け取れなかった。

「遠慮はいらない。ボーナスとでも思ってくれればいい」

佐賀は強引に卓也に封筒を押し付けて帰っていった。

佐賀の姿が見えなくなったのを十分確認して、封筒を開けてみた。

「……嘘だろ」

手の切れそうな新札が五十枚——五十万円。

困り果てていた電気代も、料金未納で止められているガス代もこれで払える。月末の給料も合わせれば溜まった家賃を全額払っても、かなり余裕ができる。借金の方にも分割でも払う意思があると見せられるくらいの金を回せそうだ。

いつもなら通るだけで気鬱になる森も、今日は少しも苦にならなかった。心なしか道に伸びた枝も手を引っ込めて、障りなく通してくれているような気さえする。

卓也は私道を出て少し走ったところで車を停め、後ろを振り返った。

道は上り坂。

やはり上り坂だったのだ。自分にとって、この道は。

第四章

1

一つの幸運が連鎖的に他の幸運を呼び込む。実際にそんなことがあるのだと、卓也はつくづく思う。つい最近まで金に困り、自分の才能を疑って失意に沈んでいたのが嘘のような人生の展開だった。

パソコンに向かえば、キーボードを叩く指のスピードが間に合わないほどの文章が次々と溢れてくる。わずか一日で書き直した『びりいぶ』の原稿は編集者を感嘆させ、その後、十一月号掲載予定の原稿依頼ももらえた。

幸子はあの無口無表情振りが芝居だったかのように、今は歳相応の人懐っこい少女に変貌し、卓也に愛らしさを振り撒いてくれる。

毎日が充実した日々だった。

佐賀から給料をもらったその日の内に、卓也はさっそく家賃を払いに大家の家を訪ねた。佐賀にもらったボーナスもあるので、この先トキから理不尽な小言を言われないためにも、やはり今月分を含めた未払いの家賃分全額を払ってしまうことにした。

封筒に入れた現金を差し出すと、トキは顔をしかめ胡散臭げな目つきで卓也を見た。

「……おかしな金じゃないだろうね」

「とんでもない。ちゃんとバイトしてもらった給料ですよ」

トキの嫌味を笑って聞き流せる余裕があるのが嬉しい。領収書をもらって帰ろうとすると、顔をしかめたトキに呼び止められた。

「あんた、その仕事辞めたかい？」

「ええ、辞めました」

にこやかに答えた卓也をトキが一喝した。

「嘘つくんじゃないよ！　あんた、前よりもっとそれに関わってるだろ！」

「だったらどうなんですか」

いきなり怒鳴られて腹を立てた卓也が問い返すと、トキはすうっと目を細めた。

「あんたの仕事先には、森があるね？」

卓也は息を呑む。

何故それを知っているんだ。

「今にその森から出られなくなるよ」

「そんな……変なこと言わないでください！」

思わず大声で怒鳴った卓也を、トキは険のある目で睨みつけた。

「頭のおかしい婆さんの戯言と思うなら、そう思ってればいいさ。けど、あたしには分かるんだよ。特に、『良くないもの』ははっきりとね」

「冗談じゃない！　僕は今、最高にツイてる時なんです！　このバイトをするようになって、何もかもがいい方向に」

「それはあんたがそう思い込んでるだけなんだよ。危ない方へ引っ張られてるっていうのに、周りの景色がいいからってのんきに考えてると」

「もういいです！　聞きたくない！」

卓也は会話を一方的に打ち切って、背を向けた。

「いや、よく聞きな！　その森は」

トキの声を断ち切るように、ぴしゃりと玄関の戸を閉めた。それきり、トキの言ったことは忘れた。

そう、忘れる。

何故か最近、卓也は物忘れが酷い。

物忘れと言うより、記憶が曖昧と言った方が正しい。出版予定の本や原稿の打ち合わせ、現在執筆中の小説などは鮮明に思い出せるというのに、昨日の夕食は何だったかは思い出せない。幸子と遊んだことや佐賀夫妻との会話の内容は覚えているが、自分のアパートと佐賀の家との行き帰りの間にどこかに寄ったかどうかなどの記憶が明確でない。そんなことが多いのだ。

作家としての未来をかけて仕事に全身全霊で取り組んでいるから、自分の興味の対象以外に神経が行き届かないせいなのだろうか。

それでも特に不都合はなかった。作家の仕事と家庭教師のバイトさえしっかりしていれば、他の記憶のあやふやさで迷惑をかける相手はいない。大学中退以降、人間関係はバイト先を変わる度に変化する希薄さで、過去に関わった人間で未だに付き合っている者など一人もいなかった。

でも、みんなそんなものだろう。頻繁に会って話ができる間は親密だが、会わなくなると疎遠になっていく。人生においてかけがえのない人間はほんの一握りだ。大抵の相手は替えが利く。

いや、この人の代わりなどいないと思っている人でも、実はそうでないかもしれない。

卓也は文芸部に誘ってくれた教師との出会いがあって作家を志すに至ったが、彼との出会いがなくても何らかのきっかけで文学への道を歩き出したのではないだろうか。

本が出版される話になったのも佐賀の尽力があったからこそだが、卓也の前に現れたのがたまたま佐賀だったというだけで、ひょっとしたら力を貸してくれるのは別の人間だった場合もあったのだ。

教師。友達。恩人。自分の人生に過大な影響を与えたと思える人たち。この人物がいたからこそこの現在がある、という経過の事実は確かにある。けれど、この人でなければならない、という必然性や重要性はパラレルを認めない結果論に帰する単なる思い込みではないのか。その人がいるか、いないかの違いは心情的風景だけではないのか。この人がいなければ自分の人生そのものが崩壊する――そんな相手が果たして本当にいるのだろうか。

『母親』ですら代理の者と関係を結んで生きてきた卓也にとって、唯一無二の存在はこの世界にはいないのかもしれなかった。

記憶が曖昧になった代わり、あの妙な幻覚はいつの間にか見なくなっていた。家庭教師の仕事にも慣れ、作家としての未来図もできて心が安定したからだろう。

それに近頃は立体映像も見ない。おそらく佐賀か良江が幸子のいたずらを気にして、スイッチを切ってしまったに違いない。

ただ、目が覚めると内容を忘れてしまう悪夢だけは、前にも増して頻繁に見るようになった。同じ夢だとは漠然と分かっているが、思い出そうという気になれない。むしろ努めて忘れようとしているのが、自分でも不可解だった。

2

幸子の家庭教師の時間が終わると、応接室で良江に紅茶をご馳走になるのが習慣化していた。話し相手は良江一人の時もあれば、幸子もいる時もある。今日は仕事が一段落したという佐賀もいて、揃ってのティータイムになった。

他愛ない世間話に区切りがつき、帰ろうとした卓也に佐賀から思いがけない申し出があった。

「良江や幸子とも話し合ったんだが、君さえ良ければこの家に来てくれないだろうか」

卓也にこの家の住人になって欲しいと言うのだ。

「知っての通り、うちは年寄りと子供だけなので、君のような若い人がいてくれると心強い。君だって通勤の時間がいらなくなる分、自分の時間が増えるだろう。それにこの家には木下君たち以外の出版社の人間の出入りもあるから、君の将来に役立つ人間との出会いもあるかもしれない。考えてみてくれないか？」

横から良江も言い添える。

「お部屋はいくらでも空いていますし、お食事の方もお世話させてもらうわ。下宿すると考えてくださればいいの。それに幸子も先生の書き物のお仕事の邪魔は絶対にいたしませんから」

賄いつきの下宿と思えば、願ってもない好条件だった。書く仕事には静かで最適な環境であるし、良江は優しく幸子は歳の離れた妹のように可愛い。佐賀は今も尊敬する大作家で、彼との会話の中で得たものも多かった。

何より、あのアパートから通わなくていいのが魅力だ。森を通るのは前ほど嫌ではなくなっていたが、やはり仕事の場所が遠いと通勤だけで時間を取られてしまうし、正直身体もしんどい。作家として活動するのに東京の近くでないと不便と感じることは想像したほどはなく、家賃の安さ以外で今の住まいに固執する理由もない。転居費用が貯まればこの家に近いところへ引っ越そうと考えていたところだったので、佐賀からの提案は渡りに船だった。

「……ご迷惑ではないでしょうか」

「よろしければ、ぜひ」

「では、お願いします」

幸子が卓也の顔を覗き込み、尋ねる。

「先生、このお家に住んでくれるの？」

「うん。来てもいいかな？」

「嬉しい」

幸子が輝くような笑みをくれた。佐賀たちもまた、喜びに満ちた笑顔を浮かべていた。

住んでくれるなら家賃も食費もいらないと言うのを何とか丁重に断り、食事代など諸経費と家賃を含めて、卓也が一ヶ月十万円支払うということで話がついた。


引っ越しを決めてすぐに、アパートからの退去を大家に申し出に行った。

何故か卓也の今の仕事を非常に嫌っているので、顔を合わせたらまたキツい口調で文句を言われるだろうことは予測できたが、退去してしまえばもう二度と関わらない人だと思えば嫌味くらい聞き流せそうだった。

今月中に引っ越す予定だと告げても、大家のトキは「そうかい」の一言だった。予想したような詮索も説教もなく、かえって拍子抜けしたほどだった。

「お世話になりました」

平和なやり取りにほっとして礼を述べて帰る卓也の背中を、トキが哀れむような目で見送っていた。

3

木下の出版社で卓也の本の出版についての最終的な打ち合わせがあり、出かけた帰りの電車の中で、卓也はスーツ姿の男に声をかけられた。

「津田？　津田……だよな？」

誰だか分からず怪訝な顔をすると、相手は眉根を寄せた。

「俺だよ、俺。島崎(しまざき)だよ。——ああ、あの頃より結構太ったから、顔も少し変わったか」

言われて、思い出した。大学の同級生だった男だ。同じアパートの階下に住んでいて仲良くなり、何度か一緒に食事に行ったりもした。

島崎は卓也の隣に座り、営業の途中なんだと聞きもしないことを勝手にしゃべり始めた。卓也はちょうど今書いている小説の新たに思い浮かんだフレーズについて頭の中で練っていたところだったので、横から話しかけられるのは正直迷惑だった。

島崎の話は脈絡もなく大学時代の友人たちの近況に移っていたが、自分の心が未来へしか向いていないせいか、過去に関わった人間の話など今更されても興味は湧かなかった。

何か、島崎を含めた周りの景色と音が酷く遠く感じた。これは夢だと分かっていながらこの場面を眺めているように、現実感が薄い。それでもとりあえず相槌だけは義理のように返した。

島崎は卓也の心中など気にもとめず自分のしたい話を一通りした後、卓也の顔を覗き込んで聞いてきた。

「お前、あれからどうしてたんだ？」

どう答えようか、卓也は迷った。現在の状況を話したところで、果たして彼が正確に理解してくれるだろうか。もう何年も付き合いのなかった彼に、その間に起きた全ての事柄を細かく詳しく語ったとして、心情を含めた何もかもを本当に分かってくれるだろうか。

そもそも、何故この男に語らなければならないのか。

そう考えると面倒になり、

「色々だよ」

と、笑って誤魔化した。

「作家になるって話はどうなったんだ？」

言葉の端に、嘲りの影が見えた。様々な制約に縛られながらも安定した生活を送っている者がリスクも考えず群から離れていった者へ、どちらが賢かったか問いかけている響きだった。

「うん、月刊『びりいぶ』って雑誌の八月号に短編が載る予定だ。それに、もうすぐ一冊本が出版される。文現出版社からね」

大手の出版社の名を聞いて、島崎の頬が一瞬引きつった。

「へえ、すごいじゃないか。出たら、俺買うからな」

島崎は文学に興味のある男ではなかった。が、卓也は一応礼を言った。

その後、島崎は今の自分の仕事に話を移した。仕事の話と言うより、仕事の愚痴だった。島崎が話せば話すほど、卓也の気持ちは彼から遠く離れていった。

多分、もう彼とは言葉で理解し合える間柄ではなくなってしまったのだ。

島崎の声が心まで届かず、身体の表面を滑って消えていくように感じた。まるでプラスチックの上に降った雨のように。

「津田、お前変わったな」

島崎は憮然として、吐き捨てた。

「俺の話は面白くないか。そうだろうな、お前は会社勤めなんてしたことないだろうから。でも、以前のお前なら、面白くない話でも一応は気を入れて聞いてくれてた。それがお前の良さだったのに」

せっかく思いついたフレーズについて深く思考していたところへ勝手に割り込んできて、聞きたくもない話を聞かせた挙句、この文句は何だ、と卓也は腹を立てた。

「……すると僕は、人の話をおとなしく聞くしか取り柄のない人間だったって訳か」

「そうじゃない。お前はいつだってどんな話でもちゃんと聞いてくれて、親身なアドバイスをしてくれたり」

「だから？」

島崎の言葉を遮り、卓也は声を荒らげる。

「だから今もこうして愚痴ってるお前を、慰めなきゃならないのか？　馬鹿馬鹿しい。仕事が大変なのは分かるよ。でも、それはお前が望んで選んだ道なんだろう？　誰に強要されたものでもないなら、苦しみがあっても耐えるのが当然じゃないか。僕にだって辛いことは山ほどあった。でも、誰にも愚痴らず乗り越えてきたよ。僕は僕の信念で、今歩いてる道を選んだんだから」

ちょうど降りる駅に着き、卓也は立ち上がる。一刻も早く家に帰り、練っているフレーズをパソコンに打ち込みたかった。

別れも言わず乗降口へ向かおうとする卓也の肩を、島崎が掴んで止めた。

「やっぱりお前、変わったよ」

顔をしかめる島崎の手を、卓也は乱暴に振り払う。

「そう言うお前だって変わったよ。いずれは自分で会社を作るって言ってたお前はどこへ行ったんだ？　社会の厳しさを知って怖気づいたのか？　それとも安定した生活を味わって苦労する気が失せたのか？　人は良くも悪くも変わっていくものなんだ。自分を棚に上げて、人にばかり期待するな！」

卓也は振り向きもせず、電車を降りた。

アパートへ向かう道を歩きながら、卓也は酷く後悔した。

あんなこと言うつもりじゃなかったのに。

島崎は友人の中でも特に気のいい奴だった。行動的で快活で、自分にないものを持っている彼を密かに羨んだものだった。

本が出たら買うと言ってくれたのも本心だったのだろうし、愚痴を漏らしたのもあの頃と同じ親しさの現われだったのかもしれない。

何かに邪魔をされて思いついた文章を文字にできないことなど、これまでの生活では何度もあったのに、今日に限って何をあんなにイライラしていたのだろう。どんな内容だろうと、久しぶりに会った友達の話くらい気持ちよく聞けばよかった。そんな余裕もないほど自分のことだけに一生懸命な自分が、情けなく悲しかった。

が、それも束の間、アパートに帰り着く頃には小説の方が気になり、島崎のことはすでに頭の中から消えていた。

4

どうしたのだろう、あいつは。

電車の中で、島崎はぼんやり考えていた。

一度会った人間の顔は忘れないのが自慢だった自分が、最初声をかけるのを迷ったくらい卓也の顔つきは変わっていた。

夢を諦めず追いかけて大学を中退して、思った以上に苦労しているんだろうと内心同情した。だからできるだけ今の状況に触れないよう、彼と共通する話題を選んだつもりだった。でも、やはり心配で聞かずにはいられなかった。

笑って誤魔化そうとするから、うまくいかない夢を諦めかけているのかと思い、初心を思い出してくれるよう口にした問いに、予想外にいい返事が返ってきた。

嬉しかった。やったな、と肩でも叩いてやりたかったのに、できなかったのは心のどこかに嫉妬心があったせいかもしれない。

初心を貫徹したあいつなら、昔と変わらず自分の気弱な愚痴に付き合ってくれるかとつい甘えて、自分の仕事の話ばかりしてしまった。あいつも顔つきが変わるくらい苦労したのだろうから、そっちの話を聞いてやればよかったものを。これが俺の悪い癖だ。

自分は今でもあいつを友人だと思っているが、あいつは——と思ったところで思考が止まる。

いや、都合のいいことを言うな。

島崎は自分で自分を叱った。

友人と思っているなら、今まで何故連絡を取らなかったのだ。今日偶然出会わなければ思い出しもしなかったくせに。

あいつもそう思ったことだろう。

多分自分たちはもう『友人』ではなく、『昔付き合いのあった知人』なのだ。

以前は同じステージにいたけれど、時は流れてお互い自分が選んだ別々のステージにいる。お互いの立ち位置や事情が分からないから、今更密な交流は難しい。だから、あいつがこれから自分のステージで活躍することを祈って花を贈る。それがかつて共にいたステージの幕引きになるだろう。

島崎は車内で楽しげにしゃべっている大学生風の男たちに目をやる。

自分があの歳の頃には、あいつが言った通り自分の会社を作るのが夢だった。就職は社会を知り、会社経営のノウハウを学ぶステップに過ぎないと考えていた、世間知らずで生意気な子供だった。

あの頃の自分はもうどこにもいない。分かっているからこそ、あいつの言葉がこんなにも胸に応えている。

人は良くも悪くも変わっていくもの、か。

島崎はため息をつく。ここ数年味わったことのなかった純粋な虚しさに沈みながら電車を降り携帯のマナーモードを解除すると、見計らったように着信音が鳴った。

「……はい。――あ、どうも、いつもお世話になっております。先日はありがとうございました」

営業マンの現実は感傷に浸る暇など与えてくれない。押し寄せてくる仕事に流され、島崎は自分の世界へ戻っていった。

5

卓也が引っ越しの荷造りにこまごまとした日用品を片付けていると、電話がかかってきた。

「津田卓也さん、ですね？」

全く聞き覚えのない男の声だった。

「私、週刊ジャストタイムという雑誌の記者をしております、河田と申します」

週刊誌と聞いて、警戒心が湧く。

「津田さんは今、作家の佐賀芳文先生のお宅で家庭教師のアルバイトをなさっているそうですね」

「いいえ。誰かとお間違えなんじゃありませんか」

卓也はしらを切ったが、河田に軽く笑い飛ばされた。

「ぜひ一度お会いして、佐賀先生についてのお話をお聞かせいただきたいのですが」

「お断りします」

卓也はわざと乱暴に電話を切った。が、すぐにまた電話が鳴る。どうせさっきの記者だろうと電話に出ないでいると、延々とコールは鳴り響き、切れる気配もない。

いい加減嫌になり、一度怒鳴りつけて後は着信拒否にしようと電話を取ると、やはり相手は河田だった。しつこいコールの侘びを述べると、怒る卓也に尚も懇願する。

「一度だけでいいんです」

「話すことなんて何もありませんよ」

「それなら私が集めた佐賀先生に関する話を聞いてもらう訳にはいきませんか？」

多少のことではめげない、諦めない男らしい。

卓也はそういう人間が嫌いではなかった。

「……どんな話ですか」

「他の誰からも聞けない話です」

むくりと好奇心が頭をもたげた。雑誌記者が取材したネタなら聞いてみたい気もする。

河田は卓也の心の揺れを機敏に感じ取ったのか、一気に押してきた。

「今から会えませんか。この話、少しでも早い方がいいんです」

食い下がる河田に根負けした形で、卓也は渋々承知した。

待ち合わせを約束したファミレスへ行くと、店の前でそれらしい男が待っていた。卓也が声をかけるより先に、彼の方が足早に近づいてきて挨拶した。

「津田卓也さんですね？　週刊ジャストタイムの河田俊一（しゅんいち）です。無理を言ってすいませんでした」

何ヶ月も前にかけたパーマが伸びたのか天然なのか分からない癖のある長髪の、ラフな格好をした長身の男だった。歳は卓也より少し上だろう。笑うとタレ型の目が余計たれて見えて人好きのする可愛げがあり、電話での強引でしつこい印象と結びつかなかった。が、どうかすると目に鋭さと妙な陰りが走る。外見から思い描くイメージと中身に秘めたものは全く違う男らしい。油断ならない人間だ。

店内は昼下がりの時間帯だけに暇そうな子連れの若い主婦のグループがいるだけで、他に客はいなかった。卓也たちは一番奥の隅の喫煙席を選び、コーヒーを注文した。

「初めに言っておきますが、僕は雇用条件として、あの家のどんな些細なことも一つとして外部に洩らさないと約束しています。ですから、僕からは何もお話できません」

「そこを何とかお願いできませんか。情報源があなただとは公表しませんし、それなりの謝礼も」

「できません。僕の信用に関わりますから」

「義理堅いんですね」

河田は褒めたのか皮肉ったのか、両方に取れる曖昧な言い方をした。

コーヒーが運ばれてきて、置かれた伝票を河田が当然のように引き寄せたが、それを卓也は最初に置かれた場所まで引き戻した。

「割り勘にしましょう。あなたにとって有意義な話を僕ができるとは思いませんから」

卓也が言うと、彼は目を細め、いや、目をたらして笑った。

「義理堅いと言うより律儀な人と言うべきでしたね」

その顔を見て、ふと卓也の頭に何か淡い記憶が浮かんだが、それは一瞬で認識する間もなく霧散した。

「お忙しいのでしょうから、早速ですが本来の用件の話をいたしましょう」

彼は鞄からファイルを取り出した。

「津田さんの口からお話できないと言うのでしたら、私が今まで取材した結果をお話するという約束でしたね。話を聞いて、津田さんが実際に見聞きした事柄と違うものだけ、訂正してください。それくらいなら構わないでしょう?」

話の持っていき方がうまい。策略に乗せられてしまったようだが、わずかでもあの家に関わった者として、また佐賀芳文のファンとして、事実無根の記事を書かれるのは我慢ならない。

卓也が頷くと、河田はファイルを広げた。

6

佐賀芳文は二十七歳で発表した短編小説『夢幻(むげん)の荒野(こうや)』で注目を浴びるまで全く無名の存在で、それまでどこで何をしていたのか詳しくは分かっていない。

佐賀の両親は三十代の若さで亡くなっており、妻の良江の両親も同様で、双方とも親戚縁者は一人もいないらしい。

四十歳で今住んでいる洋館と周囲の山を購入するまでの十三年間に転居はなんと二十八回。ほとんど半年周期で引っ越している。

「それは本当でしょう。先生自身がエッセイにも書いている話です」

引っ越し魔の異名をとった佐賀も、人里離れた（当時はまだ近くに街はなかった）山の中の洋館がよほど気に入ったらしく、以来定住している。

そして洋館に住み始めた頃から、彼の仕事は膨大な量になっていく。

「ちょうどエッセイを書き始めて、ベストセラーを乱発した時期ですよね」

「そうです。でも、ちょっと仕事の量が異常なんですよ。その頃の先生の仕事を調べてみたんですが、一日に原稿用紙百枚以上書いている計算になる月もあるんです。ワープロもパソコンもない時代にですよ？」

「それまでストックしてあった分を出したんじゃないですか？　原稿の清書なら、奥さんにだって頼めます」

「それがですねえ……」

構いませんか、と河田はタバコの箱を振って見せる。卓也が頷くと、うまそうに一息吸って、先を続けた。

「佐賀先生の原稿って、デビュー当時からずっと変わらず自筆なんです。仮にストックがあったとしても、何ヶ月も量と質を保てるほど持っていたとは思えません。それ以前に先生のエッセイは『その時が旬』の話が多い。書き溜めができる訳がないんです」

「だから、ゴーストライターの噂が出たんでしたね」

「ええ。エッセイの方を書いているのは別人なのでは、と疑われた。ですが、そんな事実はなく、先生の才能を妬んだ悪辣なデマ、ということで決着――でしたね？」

河田が卓也の確認を取るように、ファイルから目線だけを上げた。

「……もしかして、河田さんはゴーストライターの存在を」

「いいえ、違います。これでも私は佐賀作品のファンなんですよ。先生の才能を信じる者の一人です」

「それなら一体何を調べているんですか？」

河田は卓也の問いには答えず、ニッと笑って再びファイルに目を向けた。

「次に、佐賀先生の交友関係ですが、これは驚くほど狭い。先生は有名な人嫌いで、付き合いと呼べる交流があるのはほんの一握りの出版社の人間だけです」

それもほぼ事実だ。

現在佐賀と交流のある人物は昔彼の担当編集者だった人間ばかりで、通称『佐賀番』と呼ばれた面々だ。佐賀が自分の交遊録を書いたエッセイにも木下や野上の『佐賀番』のメンバーが出てくる。エッセイの中では匿名にしてあるが、彼らの特徴をよく捉えて書かれていることが今ならば卓也にも分かる。

「文学界の重鎮でありながら公の場には全く姿を見せないため、若手作家のほとんどが佐賀先生の名は知っていても会ったことはない」

津田さんは違いますが、と付け加える。

「僕が作家志望者と知っているんですか」

「志望者、なんてご謙遜を。月刊誌に短編が掲載予定で、もうすぐ本も出版されるそうじゃありませんか」

「……僕のことはとっくに調査済み、ですか」

河田は笑っただけで何も言い訳しなかった。

「先生のお宅はセキュリティー万全で、家人の許可のない者は敷地内へは入れない仕組みになっています。食料品や日用品の配達のため長年出入りしている店の従業員でさえ、顔を見知った者でないと追い返されるそうです」

河田の吸っていたタバコは　灰皿の中ですっかり灰になっていた。それにも気づかず、河田は黙々とファイルの文字を追う。

「佐賀先生にお会いするのはある意味一国の首相に会うより難しい——これはマスコミ関係者の常識です」

それで、と河田は灰皿に手を伸ばしフィルターだけになったタバコをくわえ、もう吸えなくなっているのに気づいて苦笑いする。卓也が愛想のように笑ってコーヒーを飲み干したのを見て、自分も冷めかけた残りを一気に流し込み、新たなタバコに火をつけた。

「それで、一度でも佐賀先生に会ったことのある人物を探して、話を聞いて回ろうとしたんですが、これが成果がなくて」

数々の転居先を調べたが、ほとんどの場所は街そのものが変貌していて見つからず、ようやく探し当てても住んでいた期間が短い上に周囲と交流が全くなかったため、佐賀が住んでいたこと自体知らない者が大半だった。現在住んでいる家にしても、元の持ち主はすでに亡くなっていてどういう経緯で佐賀に売却する話になったのか皆目分からなかった。

それなら、と『佐賀番』たちに佐賀との付き合いについて取材を申し込むと、門前払いされた。連載を持っている新聞社の担当者はいつ訪ねても留守。雑誌社の方は、仕事を依頼に行った人間は退職して連絡がつかないと冷たい対応だった。

商品の配達を請け負っている個人スーパーの従業員や店主にまでインタビューに行ったが、「一度も会ったことがないから知らない」の一言で追い返された。

「家庭教師として頻繁に出入りしている津田さんなら、と期待したんですが」

河田は哀れを誘う表情で卓也を見る。

「そこまで調査されているなら、僕だけじゃなくこれまでに家庭教師をしていた人が他にもいることもご存じでしょう。その方たちに話を聞けばいいじゃないですか」

「勿論取材しようとしました。でも、一人として話を聞けませんでした」

「やはり佐賀先生との約束で？」

「いいえ、それ以前に、会えないんですよ」

「面会を拒否された、と？」

河田は首を横に振り、吸っていたタバコを灰皿に押し付けた。

「今まで先生が何人雇われたのか分かりませんが、それでも六人だけは何とか突き止めました。けど、二人は精神を病んで入院中、二人は失踪して行方不明、もう一人はなんと宗教にのめり込んでインドへ修行に行ったきりなんです」

河田はチェーンスモーカーらしく、またタバコをくわえる。

それを見て卓也も急に吸いたくなり、タバコを取り出した。

二人の間を薄い白煙と沈黙が漂う。

「……あの、もう一人の人は」

黙したままタバコ半分を灰にした卓也の問いに、河田はたっぷり間を置いてから、

「私の九つ上の姉が」

俯きがちに語り始めた。

「自殺したのは、私が十二歳の時でした。歳は離れてましたが、とても仲が良かった。優しい、自慢の姉でした」

思いがけない重い告白だったが、家庭教師の話とは関係なさそうな内容に卓也は戸惑い、ただ黙って河田の話に聞き入った。

「私には何でも話してくれました。姉のことなら母よりも私の方がよく分かっていると自負するほどでした。……なのに、ビルの屋上から飛び降りた理由だけは分からなかった」

それが分かるかもしれない、と彼は笑うように言った。

「どういうことです?」

不意に河田が顔を上げる。卓也に向けた目には、どこか狂気的な光が宿っていた。

「家庭教師をしていた六人、残りの一人は——私の姉です」

「——な」

「調べていて分かったんです。そして思い出した。姉は自殺する少し前私に、有名な作家の家でアルバイトを始めたと言った。それが佐賀先生の家だったんです」

当時、彼の家族は父親の転勤で伊勢原市の借家に住んでいて、大学生だった姉は母親の車を借りてバイト先に通っていたそうだ。

卓也は話の内容に何か腑に落ちないものを感じ、考える。

河田は今、いくつだろう。見たままを信じるとして、二十代後半。彼が十二歳の時と言えば、十四、五年ほど前……。

——十五年前?

あっ、と声を上げた卓也に河田は頷いた。

「そうです。どうもその頃からずっと、佐賀先生は家庭教師を雇い続けているようなんですよ」

卓也の手にしたタバコからぽろりと灰がテーブルに落ちる。

「今、あの家に子供がいるとしても、それより前にいた、私の姉が家庭教師をした子供は，どこへ行ったんでしょうね」

「どこって……年齢からしてもう独立したんじゃないかと」

いいえ、と河田はファイルを見る。

「戸籍上、佐賀夫妻には子供はいないんです。たとえ、養子でも」

「えっ？」

幸子は養子の手続きをされていない？

「そう。あなたが家庭教師をしている子供は、現在も正式に佐賀先生の養子にはなっていません」

何故だ？　幸子をあんなに愛して、可愛がっているというのに。

「それに、いつどんな事情で先生に引き取られたか全く不明の子供が、今までに三人はいたはずなんです」

そこで河田は言葉を切った。彼の視線で、卓也は指に挟んだタバコの火が消えているのを知り、慌てて灰皿に捨てる。

河田は再びファイルに視線を落とした。

「まず、姉が家庭教師を——と言うより、どうも子守りのようですが、その時の子供は五歳くらいの女の子です。二人目は、十年前に六歳の女の子。三年前には七歳の女の子。そして今いる子です」

「確かな話……ですか？」

「ええ、大体の裏づけは取れてます。姉がその頃、バイト先の子にあげたいと従姉妹から譲ってもらったレースのワンピースのサイズが五歳用。六歳の子を担当していた人は失踪中ですが、彼女の友人の話によると、失踪前に彼女は自分の姪と同じ歳の子の子守りをしていると言ったそうです。三年前にいた人はインドへ行ったきり連絡不能ですが、その人の母親が、家庭教師をしている子が懐いてくれないのでプレゼントでもして気を引きたいが、七歳の女の子に何をあげればいいか、と相談されたと言ってました」

呆然としている卓也を見て、唇の端で笑って見せた。

「戸籍上存在しない子供たち――今いる子供は除いて、みんなどこへ行ったんでしょうね」

卓也には答えられない。

「佐賀先生のお宅は山中の一軒家。近辺に人家はなく、他人との付き合いも少ない」

河田の瞳が不穏に揺れる。

「何が……言いたいんですか」

「あの家で何が起ころうと、世間には伝わらない。そう思いませんか？」

どんよりとした黒い雲が、心にたなびいてくる。卓也は身震いしてそれを振り払う。

「例えば……佐賀先生が連れてきた子供たちを次々に殺して、森の中に埋めたとしても」

「何を言うんだっ！」

卓也は思わずテーブルを叩いて立ち上がる。卓也の大声に、店内の客やウェイトレスが一斉に振り返った。

「だから、譬え話ですすよ。――座ってくれませんか」

周りの視線を感じて急に恥ずかしくなり、卓也はおとなしく席に着く。

「いくら何でもそんな犯罪があったんなら、今までばれない訳ないでしょう。あの家には多少なりとも、他人の出入りはあるんですから」

それもそうだ。木下や野上、それに家政婦や庭師もいる。第一、何か他人に知られてはまずいことがあるのなら、卓也に下宿を勧めたりしないだろう。

「とにかく、佐賀先生の周りを調べれば調べるほど、不可解な点が出てくるんです。いなくなった子供たちは、何かの事情で先生が一時的に預かっていただけでその後親元に帰った、とも考えられますが……家庭教師をしていた人間が揃いも揃っておかしなことになっているのはどういう訳でしょうね」

タバコは残り一本。卓也はその最後のタバコをくわえながら、今までの話を頭の中で反芻した。

7

テーブルの上の空っぽのコーヒーカップをぼんやり眺めながら、卓也は考える。河田の話はどこまで本当なのだろうか、と。

彼が調査した佐賀の仕事についての話は概ね事実だ。しかし、正体の分からない子供たちと家庭教師を辞めた者たちのその後の話は真実なのか。

確かに幸子の家庭教師がすぐ辞めてしまうとは佐賀から聞いているが、幸子の前に子供がいたとは聞いていない。今はいない子供のことは関係ないから言わなかったのかもしれないが。

では、河田の姉の自殺は事実なのか？　身内の不幸の作り話で同情心をかき立て、佐賀についてしゃべらせようとした、と疑えば疑える。

が、彼から感じる雰囲気として姉の自殺は本当のことに思える。かといって、佐賀が人を死へ追い込むような人間とは思えない。

「ぼんやりしてどうしたんですか。タバコ、火がついてないですよ」

河田に声をかけられ、ハッとした拍子にくわえたタバコを落としてしまった。

「……ちょっと考え事をしてました」

テーブルに落ちたタバコをくわえ直すと、河田が自分のライターで火をつけてくれた。

彼はそのまま自分のタバコにも火をつけ、ライターを手元に置いた。

「河田さんはジャイアンツファンなんですか？」

河田のライターにはジャイアンツのＹＧマークが付いていた。

「昔は好きでしたけど、今はそうでもないです」

ライターは最近禁煙した同僚からもらったものだと言う。その同僚がパチンコで取った景品の『セリーグ球団ライターセット』の中の一つで、同僚はジャイアンツのアンチだったので使わなかったらしい。

「津田さんこそジャイアンツファンなんですか？　でしたら、これ差し上げますよ」

「いえ、僕はあまり野球には興味がなくて。ただ、子供の頃に友人からジャイアンツの帽子をもらったんで、他のチームよりは気にかかる程度ですね」

その友人は卓也より三つ年上で、彼が引っ越すことになった時、自分の宝物だという帽子をくれた。

「その頃の僕はうまく人の輪の中に入れない子供だったんですが、その友人がいつも一人でいる僕に声をかけてくれて、他の子とも遊べるように仲立までしてくれたんです」

彼と遊んだ時のことを久しぶりに思い出した卓也は、静かに笑みを浮かべた。

「運動神経が良くて、明るくて、人気者で、とても優しい人でした。僕は一人っ子だったんで、その友人を本当の兄のように思ってました。いや、今でもそう思ってます。だからその友人と帽子は、僕にとってとても大事な思い出なんです」

後ろに黄色のニコニコマークの缶バッジが付いた帽子は、実家の自分の部屋の押し入れに大事にしまってある。

「……それ、ご実家のある所沢の、あの団地での話ですか？」

いきなり実家の話を出されて、卓也はひどく驚いた。自分の身辺調査をここまでされているとは思いも寄らなかった。

「え、いえ、違います。あの団地は父が再婚して住み始めた家ですから」

河田が自分の実家まで突き止めていたことの動揺も手伝って、卓也はつい正直に答えてしまった。

それを聞いて河田は眉根を寄せた。

「じゃあ、その思い出はどこでの話なんですか？」

個人的な感傷があるだけの、大して面白い思い出話ではないだろうに、意外にも河田は興味を引かれた様子だった。

「甲府です。亡くなった母の地元で――」

そこまで言いかけて、卓也はハッと口を噤んだ。

――この人は僕について全て調査した訳ではなかったのか
多分ある程度まで調べたら、些細な話をきっかけにして相手にしゃべらせ、プライベートなことを聞き出すのだろう。

「甲府のどこに住んでたんですか？」

案の定、河田は急に勢い込んで尋ねてきた。

「私も一時期甲府にいたんですよ」

前のめりになって話すその様を見て、卓也は彼の雑誌記者としての取材のうまさを悟った。たとえ嘘でも自分と共感できるものが相手に一つでもあれば、親近感が湧いて話しやすくなる。私事を聞き出せたらそこにつけ込める弱みがあるかもしれない。弱みを握ったら、自分が真に聞きたいことを引っ張り出せる。それを狙ってのことだろうが、

「関係ないでしょう」

卓也は河田を見据えて首を振った。

「あなたが知りたいのは佐賀先生の私生活で、僕のことは関係ないはずです」

まんまと河田の術中にはまり、問われるままにしゃべるところだった。

まあ、その頃のことを話そうにも、幼かったせいなのか記憶があやふやで、唯一はっきり覚えて

いるのが件の彼とよく遊んだことと、彼がくれたジャイアンツの帽子だけなのだ。

どちらにせよ、これ以上話すことはない。

「佐賀先生についての話はミステリアスで面白いですが、結局何の確証もないんでしょう？　もし本当に何かあるなら、あなたが言ったようにあの家に出入りしている人間が黙っていませんよ。それに僕が知っている佐賀先生は、良識のある穏やかな大作家です。妖怪でも怪物でもない、普通の人間ですよ」

卓也はもう帰るつもりでタバコを揉み消した。

「あなたはお姉さんの自殺に佐賀先生が絡んでいるんじゃないかと考えている。疑って見れば何だって怪しく見えますよ。それに、僕はどんな理由があろうと他人の私生活を覗き見しようとする人間は嫌いです。だから、先生との約束がなくてもあの家の中のことは誰にも話すつもりはありません」

河田は無言で卓也を見つめていた。

「僕はもうこれで失礼します。引っ越しの準備がありますから」

卓也は財布から千円札を二枚抜いてテーブルの上に置き、立ち上がった。

「……津田さんが家庭教師をしてるあの子って、すごく可愛い子ですよね」

同意を求めるように、河田が笑いかけてきた。

「ええ。さっちゃんはいい子ですよ。少し人見知りするけど」

「さっちゃん？　――もしかして、その子、さちこという名前なんですか」

しまった。罠だった。

油断してうっかり余計なことをしゃべってしまった。

卓也は思わず舌打ちする。しかし、河田は、

「……そんな……まさか」

何故か青ざめた顔で、呆然と在らぬ方向を見ていた。

「じゃ、僕はこれで」

急いで立ち去ろうとする卓也の腕を、河田が掴んで止めた。

「待ってください！　頼みます。一つだけ教えてください。その子を先生が引き取ったのはいつですか」

「知りません。聞いてないです」

邪険に言い捨てて、腕を掴んだ手を振り払おうとする卓也に、河田は尚も食い下がる。

「なら、その一点だけでいい。先生に聞いてみてください。それだけ教えてくれれば、もう二度と話を聞かせてくれとは言いませんから」

河田の目には必死の色が浮かんでいた。

「……その情報によって誰かが傷つくような記事を書かないと約束してくれますか」

「します！　――だから」

「さっちゃんを引き取った時期、だけでいいんですね？」

卓也が確認すると、彼は大きく頷いてようやく手を離した。

「分かったら、どこへ連絡を」

「ここへ。もし電話に出なかったら、こっちの電話の留守電へお願いします」

河田は名刺にもう一つ電話番号を書き加えた。名刺に刷られた電話は携帯電話だったが、書き足した電話番号は自宅の固定電話らしかった。

「分かりました」

卓也が名刺を財布にしまうのを見て、河田が軽く一礼する。出口に向かう卓也を今度は引き止めなかった。

8

卓也の短編が掲載された月刊『びりいぶ』八月号が出た後、ずっと連絡のなかった大学時代の友人たちから急に電話がかかってくるようになっていた。

誰もが卓也の本が出版されるのを知っていて、祝いの言葉をくれる。島崎が友人たちに連絡して回ったらしかった。あんな後味の悪い別れ方をしたのに、とさすがに自分の非を反省し、謝罪して礼を言いたかったが、大学時代の友人たちの電話番号は全員メモリーから消してしまっていて、連絡の取りようがない。当の島崎から電話があれば謝れるのに、何故か彼からはかかってこなかった。

祝福の電話をかけてきてくれた友人に島崎の電話番号を聞けばいいと分かってはいたが、その後もかかってくる祝いの電話がその気持ちを削っていった。

名前を名乗ってくれる者はよかったが、名前も言わずいきなり親しげにしゃべる者もいる。向こうは自分が誰なのか卓也は当然分かっていると思い込んで話してくるので、名前を問うのは悪い気がして、記憶を探って声と口調で該当者を探し当てるしかなかったが、結局誰だったのか分からず終いの電話もあった。

毎回、テンション高く話しかけてくる相手に受け答えするだけで精一杯で、島崎の電話番号を聞くのを忘れたまま電話は終わってしまう。

リダイアルでこちらからかけ直して島崎の電話番号を聞く、というのも酷く億劫だった。

一日過ぎるごとに島崎へ電話しようと思う気持ちが薄れていく。代わりに過去の友人たちと電話で話すのが重荷になっていった。

みんな卓也の成功を喜んでくれている。祝福してくれている。つい最近まで夢見た光景のはずだった。

なのに、何だろう。この空虚な気分は。不遇な時代に冷たかった友人たちを見返せる立場に立ったのだからもっと浮かれてもいいはずなのに、どこか他人事のように冷めた気分が胸の中心に居座っている。

それがどうしてなのか、一本の電話が教えてくれた。

「卓也？　久しぶり」

卓也は一瞬、声を失った。

「私、誰だか分かる？」

懐かしいその声。

「……真知子」

卓也は名を呼んだきり言葉に詰まったが、真知子は何のこだわりもなく笑った。

「聞いたわよ。雑誌に小説が載ったんでしょ。それに本が出版されるんだって？　すごいじゃない。出たら絶対買うからね」

ありがとう、と素直に言えたのは、島崎の時の反省があったからだ。

何年も前に別れたというのに、真知子は時の隔たりを全く感じさせなかった。付き合っていた頃の親しさそのままの声に、卓也はひどく居心地の悪い違和感を覚えた。

思い返せば祝福の電話をくれた友達と話した時も同じ感じがした。この気持ち悪さは何だろう。他の友達にも聞かれたように、真知子にもここに至るまでの経緯を聞かれた。

内心、うんざりした。そんなこと今更知って何になるというのだろうと思う。それでも祝福してくれる者への礼儀として答えた。行きつけの飲み屋で出版者の人間と知り合い、原稿を読んでもらうチャンスがあって出版にこぎつけた、と。

それは最初に祝いの電話をくれた友人相手にとっさに作った話だったのだが、その後電話をくれる友人たちにもそのまま使い続けていた。

「そう。やっぱり才能のある人には、それなりの運があるものなのね」

才能のある？　あの頃は信じなかったくせに、今になってそんなことを言うのか。それに運って何だ。多少巡り合わせの良さはあったかもしれないが、断じて運の良さだけでここまで来た訳じゃない。

「周りの人にも、卓也の本、宣伝しておくからね」

友人たちも同じことを言った。僕の本が少しでも多く売れるように？

「それに、自慢しちゃうわ」

何を？　出版されるのは君の本ではないのに。

「作者は私の友達なのよ、って」

本の作者と自分は仲がいいのだと言えば、周囲の人間が君を世に名の知れるような人間と同レベルの人物なのだと見てくれるとでも？　それは妄想だ。

でも、別に構わない。誰がどんな思惑で友人と名乗ろうと好きにすればいい。

卓也の嫌悪感は、別の点にあった。

彼らは本を宣伝してくれると共に、自分と卓也の関わりについても語るだろう。彼らそれぞれが、それぞれの視線で見た『津田卓也』を語る。けれどそれは『友人　津田卓也』でなく、『作家　津田卓也』としてしか人には伝わらないと、彼らは理解しているだろうか。

語る者は、ずっと付き合いがなかったから『数年前の卓也』しか知らない。『今現在の卓也』を知らない。現在の卓也でない卓也は、実像でなく虚像だ。その虚像が『作家　津田卓也』になっていく。

では、ここにいる自分は誰だ。

今ここにいる自分が『作家　津田卓也』であるはずなのに、世間に知られていく『作家　津田卓也』は自分ではないのだ。

「卓也、どうしたの？　話、聞いてる？」

真知子の問いかけに、ハッと我に返る。

「……あ、うん。聞いてる」

「話の途中で考え事するなんて、相変わらずね」

相変わらず？　真知子にとってはそうなのか。

二人の間には何年もの時の隔たりがあったのに、真知子はそんなものはなかったかのようにふるまう。他の友人たちもそうだった。彼らには時の流れは存在しないのだろうか。

卓也は電話の向こうの真知子が、過去付き合っていた彼女と同一ではないとはっきり認識している。彼女は結婚した。あの時身ごもっていた子供も生まれているだろう。卓也以外の男性を愛し、妻となり母となった彼女が、自分だけに愛を注いでくれたあの頃の彼女と同じである訳がない。

友人たちだって、卓也の知らない場所で知らない人間と付き合い生きている。どんなところから何を見て、どんな思考を持つ人間と関わり合ってどういう影響を受けたのか全く知らない彼らを、昔と同じだと考えられる方がおかしい。

卓也だって変わった。作家になりたいという夢は同じでも、周辺を取り巻くものが違う。初めは佐賀に憧れ、ただ彼のような作家になりたかった。それが、真知子に去られて彼女を見返したい意地が加わり、生活苦に苛まれて、稼げるという目的も付加された。もはや十七歳の純粋さだけで夢を追ってはいない。

これが卓也の実像だ。

――そうか。だからなのか

卓也はずっと感じていた空虚さの正体に気づいた。

友人たちも真知子も、大学を辞めた『十九歳の津田卓也』と話をしているのであって、様々な苦労をした現在の卓也を相手にしているのではないのだ。『作家　津田卓也』になったのは十九歳の卓也ではなく現在の卓也であるのに、称賛は過去の卓也へ送られている。それが冷めた気分にさせたのだ。

「ねえ、出版のお祝いをしてあげたいんだけど、近い内に会えないかしら」

「……それは」

『十九歳の卓也』に接する彼女は、現在の自分の立場を完全に忘れているらしい。

「忙しい？　お祝いって言っても、夕食を奢るくらいなんだけど。時間取れない？」

「……いや、遠慮するよ。お子さんの世話が大変な時に悪いから」

何より、彼女の夫に変な誤解をされたくない。危うきには近寄らず、だ。しかし彼女は意外な返事を返した。

「子供は、生まれなかったわ。結婚してすぐ、流産したの」

「――え」

言葉に詰まる卓也に、真知子はあっさりした声で続ける。

「それに離婚したの。だから誰にも気兼ねしなくていいし、時間も気にしなくていいの」

それから彼女は、卓也の夢を理解せず、応援しなかった非を詫びた。

「今更遅いかもしれないけどね、もしも、今からでも私が何かで卓也の役に立てるんだったら……って思ってるの」

卓也は愕然とした。恵まれない時には見向きもしてくれなかった者が、成功を機に尻尾を振って寄ってきてくれる――それが今自分の身に起きていることなのだろう。世の中には腐るほど例のある話だ。そして、苦労の末に成功しちやほやされて有頂天になる者の話もまた限りなくある。しかし、卓也はその者たちの気持ちが分からない。

今、卓也が感じているのは、惨めな虚しさだった。

友人たちも真知子も卓也が本を出版する話が伝わらなければ、おそらく一生連絡してこなかっただろう。彼らは『作家　津田卓也』の看板をもてはやしているに過ぎない。卓也の人間性の魅力は無関係なのだ。

もしかしたら佐賀もこんな惨めさを味わったのかもしれない。だから芥川賞の受賞パーティーになど出る気になれず、逃げたのではないだろうか。

「気持ちはありがたいけど、そんなに気を遣ってくれなくていいよ。それに、僕もあの頃自分のことだけしか考えずに君に悪いことをしたと思ってる。流産や離婚したことに何て言っていいのか分からないけど……元気を出して」

最大限の努力を払って、優しい言葉を選んだ。これ以上過去に傷つけられたくなく、まして傷つけたくなかった。

「……ねえ、一度会えない？　会いたいの」

ああ――もう彼女には言葉すら伝わらない。

「今はちょっと忙しくて……。時間が取れたら僕の方から連絡するよ」

そう言うと真知子は喜んでくれたが、連絡する気はなかった。

それじゃ、またね、とようやく――そう、ようやく真知子は電話を切った。

接点も同時に切れた。

卓也は携帯電話に残る通話記録を全て消した。島崎へ電話しようとする気も完全に失せていた。

もう彼らとは生きる場所が違ってしまったのだ。連絡を取り合う意味はない。

佐賀の家に引っ越した後、電話番号は変える気でいる。真知子や島崎、他の友人たちとは会うことはおろか話すことも、もう二度とないだろう。

9

表札のない門の前で、真知子はため息をついた。

芸術家という人種は変わり者が多いと聞くが、本当にそうだ。何が楽しくてこんな山の中に住んでいるんだろう。

それにこの大仰な門と高い塀。あからさまに訪問者を拒絶しているようだ。

真知子は来たことを一瞬後悔したが、すぐに気持ちを切り替えた。

──当たって砕けろ、だわ

門の脇にあるインターフォンを押したが返答がない。『津田卓也と付き合っていた者』だと強調してインターフォンの向こうにいるはずの家人に話しかけてみたが、何度繰り返しても無反応だった。

視線を上げると防犯カメラが取り付けてあるのが見える。ここの主、佐賀芳文は人間嫌いというから、自称を信じず、見知らぬ者の訪問は無視するつもりなのかもしれない。

とりあえず訪ねて行けば、自分は（若くて容姿にちょっと自信がある）女性であるし、『津田卓也の元恋人』なのだから最低限の応対ぐらいはしてくれるだろうと高を括って、駅前から乗ってきたタクシーをすぐに帰してしまったのは失敗だった。まさかインターフォンにすら出てくれないとは思わなかった。

途方に暮れて門の扉に寄りかかると、わずかに門が内側に開いた。

──ロックし忘れたのかしら

怪訝に思いながらも扉を押すと、音もなく開く。

「……こんにちは……どなたかいらっしゃいませんか」

声をかけ、おずおずと扉を更に開く。

その扉の陰から目の前にすうっと人影が出てきて、真知子は飛び上がるほど驚いたが、それが髪の長い、綺麗な顔だちをした幼い少女だと分かると安堵した。

もしかして、この子が卓也が家庭教師をしているという子なのだろうか。

「あのう……あなた、ここのお嬢さん?」

真知子の問いかけに返事はなかった。

「津田卓也って男の人、知ってる?」

少女は変わらず無言だった。

「私ね、その津田さんのお友達で、高須賀真知子って言うの。津田さんに用があって会いに来たんだけど、今、こちらにいらっしゃるかしら」

笑いかける真知子を、少女は無表情に見返していた。

「もしいらっしゃらないなら、ここのお家の人にお会いしたいんだけど、どなたか」

真知子が最後まで言い終わらない内に、少女はふいっと顔を逸らし、また扉の陰に消えた。

「あ、ねえ、ちょっと待って」

少女を追って、真知子は門の中へ入った。

入って、真知子は目を瞠る。

門の外は森だった。が、門の中もまた森だった。

空を覆い尽す濃い緑。木漏れ日さえ差さない、暗い、森。家屋の色はどんなに目を凝らしても見えなかった。

——何、ここ。佐賀芳文の家って、もっと奥なのかしら
少女の姿はどこにも見当たらなかった。彼女が扉の陰に隠れたほんの一瞬後に追いかけて中へ

入ったのに。あの短い時間に隠れられる場所などない。薄気味の悪さを感じたが、ここまで来て引き返すのも癪だと、真知子は佐賀の家を目指して歩き出した。

森の中には車が一台通れるほどの道がある。

道なりに歩いて行けば佐賀の家に着けると思っていたのだが、どこまで歩いても家屋らしいものは見つからなかった。歩いても歩いても、緑深い木々しかない。森から抜け出せない。

――これが庭？　庭って言える広さを超えてるわ

それより、何故この森はこんなに暗いのだろう。金持ちなのだから、少しは採光を考えて手入れをすればいいのに。いや、光の明暗ではない。漂う空気が暗いのだ。

卓也はこんなところを通って平気なのだろうか。木の多い場所が嫌いで、公園ですら行きたがらなかった彼が、こんな暗い森のある家に通っているなんて信じられない。

そういえば電話で話をした時、少し様子がおかしかった。声の調子が投げやりで意識が散漫しているような。元々ハキハキしたタイプではなかったけれど、会話の響きが昔よりずっと鈍かった。

あれは本当に卓也だったのだろうか。

声は確かに卓也だったけれど、まるで卓也の声だけを真似た別人と話しているような気さえした、あの奇妙な違和感。

佐賀芳文という作家は偏屈な変わり者だそうだから、卓也はその影響を受けてしまったのではないかと心配になる。

そうでなくてもこの森は――人の心を不安にさせる。

真知子は歩き疲れて立ち止まった。

――何だか……頭がぼんやりして……重い

目まで霞んできた。視界が狭まっていくにつれて思考も鈍っていく。

――駄目だわ。もう諦めて帰ろう

後ろを振り返った真知子は――息を呑んだ。

森が深みを増していた。

まるで一瞬の内に木々が増えたように、重なり合う葉の色も木陰の闇も数段濃くなっていた。

それに、いつの間にか道幅が狭くなっている。

道を間違えた？

まさか。枝道なんてなかったのに。

温く湿った風が吹き、木々がざわめいた。四方八方から木の葉のざわめきが真知子に向かって押し寄せてくる。強く激しく真知子を取り囲み、波のように引いてはまた打ち寄せてくる。

……これは……森の笑い声だ。

森が嘲笑っている。

誰を？

私を、だ。


真知子は走り出す。とにかく明るい場所へ出たかった。

走って走って、ようやく前方に開けた明るみを見つけ、真知子は息も絶え絶えにそちらへ向かう。

何故か潮の香りがしてきた。こんな森の中で、あり得ない。しかし波の音まで聞こえてくる。

——な……に……ここは
森を抜けたそこは、砂浜だった。

見覚えのあるロケーション。一昨年の年末に、女友達のグループで行った旅行先の、グァムの海岸だった。

乱れた息を吐きながら砂浜に歩き出て、しゃがみ込み砂に触れてみる。指に触れる熱い砂は間違いなく本物の砂だ。

——どうして
遠くに二人連れが砂浜をこちらに歩いて来るのが見えた。訳が分からないまま、とにかく彼らに声をかけてこの状況を尋ねてみようと手を上げかけて、息を呑んだ。

それはグァム旅行に行ったときの、自分だった。旅行のために用意したサンドレスを着た自分。

隣の男はもう顔も思い出せないが、あのトランプ柄の派手なシャツは覚えている。旅の解放感が引き寄せた、行きずりの男。

互いにじゃれつくようにべたべたと体を寄せ合う二人は、見苦しいことこの上なかった。ましてやこの無思慮なひとときが、日本へ帰ってから大きな禍根となったのだと思うと……。

人目も憚らずそこでキスしようとする二人に、真知子は思わず目を背けるように俯いた。

——何なのこれ？　幻覚？

真知子は混乱しながらも今一度見たものが現実なのかどうか確かめるために、顔を上げて周りを見回した。

その目に映ったのはさっきまでのグァムの浜辺ではなく、見覚えのあるブルーグレーのモロッカン柄の壁とダークブラウンのフローリングの床だった。

結婚後に住んでいたマンションの寝室だ。その床には血の海が広がり、その真ん中には蹲っている自分がいた。

妊娠中の真知子に夫が買ってきてくれた、ゆったりしたデザインのワンピース。その服は下半身から流れる血で汚れている。茫然とそれを眺めながら、真知子は思わず両腕で腹部を抱えた。すでにいないはずの何かが、脈打ったような気がした。

苦痛に顔を歪めて痛む腹部を抱えながら、それでも空になった小瓶をベッドの下に転がして隠した後、電話で救急車を呼ぶ自分。確かに身に覚えのあるその行動を見て、真知子は身を震わせる。

「これでいい。これで何もかも上手く行く」

血塗れの自分がそう呟いて歪んだ笑みを浮かべたのを見て、真知子は喉が裂けそうなほどの悲鳴を上げた。

第五章

1

卓也もよく知っている真知子の友人から電話がかかってきた時、彼女もまた真知子から話を聞いての祝いの電話かと思った。

が、彼女は挨拶もそこそこに、いきなり真知子の話を切り出してきた。

「あの、もう津田君には関係ないと思うんだけど……真知子がね」

「真知子……さんが、どうかしたの」

短い沈黙の後、彼女はぽつりと告げた。

「死んだの」

衝撃は一拍置いてやってきた。

「——何だって！　いつ？」

「先週」

「何故？　事故？」

「……自殺……したの」

卓也は絶句したまま、電話の向こうですすり泣く彼女の声を遠く聞いていた。

「どうして……自殺なんて……」

独り言のように呟いた卓也の言葉に、分からない、と彼女は答えて、また泣いた。

「遺書はなかったんだって。……私、二週間くらい前に、真知子と会ったの。その時は別に悩んでる様子なんてなかった。本当に普通だったのよ」

卓也も一週間ほど前、真知子と電話で話した。その時だって死を選ぶような様子などなかった。そう断言できる。これから数日の内に死のうと考えるような人間が『近い将来の約束』になる食事の誘いなどしてくる訳がない。

……いや、自分が昔の自分ではなくなってしまったように、真知子もまた以前の真知子ではなくなっていたのかもしれない。死を考えていたからこそ、先の約束をして自分をこの世に引き止めようとしていたのではないかとも考えられる。

しかしいくら考えたところで正解はないのだ。答えは真知子の中にしかないのだから。

「何かあったのなら相談してくれればよかったのに」

話している内に悲しみの波がまた高ぶってきたらしく、彼女は泣き出してしまった。

自殺した人間の周囲の者はみんなそう言うが、深い悩みを抱えている人ほど、その苦悩を簡単には相談できない。それどころかかえって心配をかけないように悩みを隠そうとする場合もある。だから、そんなふうに自分を責めるのはよくないと卓也が懸命に慰めると、彼女はやや落ち着きを取り戻した。

「本当はね、津田君に知らせようか知らせるまいか悩んだの。津田君が真知子と付き合ってたのはもう何年も前でしょう？　今更関係ないって言われるかなと思ったんだけど」

「いや、知らせてくれてありがとう。気を遣わせてごめん」

「そう言ってくれるなら、勇気を出して電話した甲斐があったよ」

じゃあね、と短い挨拶で電話が切れると、卓也は携帯を手にしたまま寝転んだ。

体中の力が抜けてしまうほど悲しいのに、涙は出てこなかった。

いや、自分は本当に悲しく思っているのだろうか。真知子にはもう二度と会わないつもりだった。電話で話す気すらなかった。

あの日、電話が切れた瞬間が彼女との今生の別れだった。永遠の別れを心で済ませてしまった相手が死んだと聞かされて、今更悲しいだろうか。

悲しいふりをしているだけだ。もはや自分の中には彼女のために湿る感情が欠片もないと分かっているから、余りに冷たい自分が嫌で申し訳のように悲しいふりをしているだけなのだ。

では、この虚脱感は何だろう。もうこの地球上のどこをいつ歩いても真知子に会わずに済む安堵感に対する、罪悪感の表れなのだろうか。

卓也は真知子に黙祷を奉げるように目を閉じた。

心と違って身体は素直だ。受けたダメージを回復しようとするかのように、急激に睡魔が襲ってきた。卓也は抗わず、睡魔に思考が食われていくのを黙認した。

翌朝、卓也は河田に電話した。

「もしかして、頼んでいた件の答えですか？　それならこんなに朝早くても、大歓迎ですよ」

卓也の部屋の時計はもうすぐ九時になるところだが、河田の時計は世間より三時間ほど遅れているらしい。

「それは、まだ先生に聞いてなくて……。でも、タダで情報提供するのが惜しくなったんです」

ふーん、と彼は意味ありげに笑った。

「で、俺に何を調べて欲しいんです？」

「金を請求されるという考えはないんですか」

「津田さんみたいな人が、金でなんか情報を売りませんよ」

「それは褒め言葉ですか」

「勿論。それで？」

卓也はため息を一つついて、申し出た。

「僕の高校時代の同級生の、高須賀真知子さんが自殺したんです。その訳を」

調べて欲しいと言いかけた卓也の声は、河田の叫び声によってかき消された。

「高須賀さんが自殺した？　いつですか！」

「先週だそうです――って、河田さん、真知子を知っているんですか」

河田は無言だった。

「……僕の身辺も探ったんでしたよね」

それにも返答はなかった。多分、河田は自分と真知子の本当の関係を知っているのだろうと思ったが、卓也は口に出さなかった。

「とにかく、引き受けてもらえますか」

河田はしばらく何かを考えている様子だったが、どんな調査結果が出ても冷静に受け止めることを条件に、調査を引き受けてくれた。

2

河田から連絡が来たのは、二日後の夜だった。

前回会ったファミレスで待ち合わせる約束をして出向いていくと、あの時と同じ席で彼は待っていた。

心なしか少し険しい顔をした彼はコーヒーを二人分頼むと、早速ファイルを開いた。

「結果から言います。高須賀さんは遺書を残していませんでしたので、自殺の理由の断定はできませんでした。が、もしかしたらこれが理由ではないかという話は拾い集めてきました」

河田はファイルに視線を落とす。

「高須賀さんがブティックビルのオーナーの篠沢(しのざわ)修司氏とデキ婚した後、流産して離婚したのはご存じですか」

「……はい」

「一番有力なのは、その流産と離婚による心労です」

河田の調べによると、玉の輿だと周囲の羨望を集めた結婚だったが、実はあまり幸せではなかったらしい。

「修司氏は資産家の一人息子でフェミニストとして女性の評判はいいのですが、企業人としての実力は皆無。二十年前に父親が亡くなって以来、家も事業も女傑として名高い彼の母親が取り仕切っていて、オーナーなんて名目だけだったんです。それに高須賀さんは初婚ですが、修司氏は再婚で、しかも三度目。前の二人の妻は、結婚当初から折り合いの悪かった母親にいびり出されたようです」

女性に優しい青年実業家の正体は、しっかり者の母親に頭が上がらないマザコンの甘ったれだったという訳だ。

「しかし、高須賀さんは最初から母親に気に入られた。理由は簡単、修司氏が母親に高須賀さんを結婚相手として紹介した時点で、高須賀さんが修司氏の子供を身ごもっていたからです」

母親は能無しの一人息子にすでに見切りをつけて、孫を跡継ぎにと考えていたらしい。

「修司氏も分かっていたようですね。跡継ぎさえできればうるさい母親を黙らせて、好き勝手に遊べる。だから子供ができた高須賀さんに迷いなくプロポーズした」

「……それはあくまでも憶測でしょう」

「同時期に付き合っていた複数の女性の中から高須賀さんを選んだんですから、成り立たない推察ではありません。後の離婚裁判でも、この点はある程度認められていますよ」

嫌な話だ。純粋な愛の成就が結婚であるはずなのに。

無意識に感想が表情に出てしまったのか、河田が卓也を見て、軽く笑った。

「津田さんの結婚観には合わない話のようですね」

「……ええ」

「跡継ぎが目的でプロポーズした修司氏がですか？　それとも妊娠を他のライバルたちに差をつける武器にした高須賀さんが、でしょうか」

睨みつける卓也に、河田は平然と笑う。

「恋愛なら純のままでいい。が、結婚となるとそうはいかない。自分の一生を左右しかねない、重大な節目ですからね。多少の打算や策略も必要ですよ」

河田はタバコに火をつけて、ファイルを捲る。卓也も彼に倣ってタバコを取り出すと、そこへコーヒーが運ばれてきた。ウェイトレスが去るのを待って、彼は再びファイルへ目を向ける。

「恋愛は大いなる誤解によって成り立つと言いますが、交際期間わずか五ヶ月、プロポーズから挙式まで約一ヶ月というスピードで運んだ結婚では、お互いの本質を見抜けなかったのは当然でしょう」

そのツケは結婚後すぐ、特に真知子に回ってきた。

修司は身重の真知子をよく気遣う一方で、結婚後も変わらず他の女性と交際を続けていたらしい。

「彼の価値観では妻も恋人も同等。フェミニストの意味を完全に履き違えている、単なる女たらしだったんです」

それだけでも心穏やかではなかったのに、姑が絶対跡継ぎの男の子を産めとプレッシャーをかける。お腹の子が男の子とは限らないのに、結納を交わした時点で特注の鯉のぼりと兜飾りを予約したというから、これは期待なんてものではなく、もう脅迫の域だろう。真知子も親しい友人に「望まれない子が生まれたらどうしよう」と不安を漏らしていたそうだ。

卓也はため息と共に白煙を吐き出した。一瞬、あの日見た真知子のウェディングドレス姿が浮かんだが、煙と共に消えた。

「で、ストレスが原因で流産して、それをきっかけに離婚になってしまうんですが、篠沢家も金持ちの癖にケチな家で、あれこれ高須賀さんに難癖つけて無一文で放り出そうとしたんです。それで高須賀さんは裁判を起こして争った揚句、やっと慰謝料を取ったんですが、その裁判も酷いものだったようです。そんな苦労もあって、流産して以来体調がすぐれなかった。流産した時の出血がひどくて、一時は高須賀さんの命まで危うかったそうですからね。心労と体調不良が重なって鬱状態になり、発作的に自殺したのではないかと警察も見ているようですね」

卓也はタバコを消し、コーヒーカップに手を伸ばした。いつもはミルクも砂糖も入れて飲むが、今日はブラックのまま飲んだ。苦さを味わうように。

「親しかった友人の何人かにも当たってみましたが、これ以外の理由は誰も思い当たらないと言いました。俺が調査できるのはここまでのようです」

「……そうですか。ありがとうございました」

卓也は俯き、沈黙の中に沈む。

丁寧に自分の心の中を探ってみたが、彼女の不幸な結婚を気の毒に思っても、それ以上寄り添える感情がないことを確認しただけだった。

終わった恋は美しいものとして、小説にはそれを書いた。

が、実際の過去の恋愛は枯れ野でしかなかった。

3

「まだ彼女に未練があったんですか」

河田の問いかけに、卓也は顔を上げた。

「自殺の理由が知りたいっていうことは、そういうことなんでしょう?」

いや、と卓也は首を振る。

「……実は……僕は最近、彼女と電話で話したんです。話自体は僕への出版祝いだったんですが、その時、彼女は僕に会いたいと言ったのに僕は断ったんです」

「会って話をしていれば、高須賀さんは自殺しなかったのではないか、と?」

「……ええ」

短い沈黙の後、チェーンスモーカーの河田は、短くなったタバコを灰皿に捨て、

「津田さんが罪の意識を感じることは何もありませんよ」

新たにタバコをくわえて、わざとらしくため息をついた。

「しかたない、白状しましょう。俺が高須賀さんに頼んだんです。津田さんに何とか接触して欲し

いと。接触した高須賀さんが津田さんと以前のように懇意な間柄になったら、津田さんから佐賀先生の話を聞き出してきてもらうつもりでした」

「――あなたって人はっ！」

卓也が声を荒らげると、河田は卓也の怒りを躱すように視線を逸らせた。

「搦め手は俺の一番の得意技なんですよ。俺が高須賀さんに会って依頼したのは六月の上旬でした。でも中々高須賀さんから連絡が来なくて待ちきれず、津田さんに直接自分で連絡してしまいました。今、津田さんの話を聞いて、納得しましたよ。さすがの高須賀さんも何のきっかけもなく連絡するのはちょっと不自然だと考えて、『びりいぶ』の発売日過ぎまで待っていたんでしょう」

悪びれもせずそう言う河田に呆れながら、『さすがの高須賀さん』という言いように卓也は引っかかるものを感じた。

「そういうことなんで、津田さんが悩む理由はないんですよ」

河田はそう言って、くわえたタバコに火をつけた。

「大体、何かを思い悩んで自殺するようなタイプですかね、高須賀さんは」

「いや……僕が知っている彼女は、そんなに弱い人ではなかった」

「俺もそう見ましたよ。何事にも積極的で、決めたことはやり遂げるまでやる、そんな人じゃなかったですか？」

「ええ、そうです」

かつては、彼女のそんなところに惹かれた。

「俺はね、今まで初対面の人間に対する第一印象が外れたことはないんです。ただの一人も外れたことはない。密かな俺の自慢です」

タバコの煙の向こうで、彼の瞳が不穏な光を放つ。

そうか。だから『さすがの高須賀さん』なのか。

卓也は改めて河田の人や状況を見抜く目の確かさを悟った。しかし、だとすると――。

「……もしかして、河田さんは真知子が自殺した理由に納得してないんじゃ」

「してません」

口調に何か確信めいたものを感じた。

「僕には納得させるような言い方をしておいて？」

「あなたはジャーナリストじゃない。事の真偽より、それを信じるか信じないかだけでいい立場です」

「そう言うからには、河田さんには何か引っかかるものがあるんですね」

ええ、と彼はあっさり頷いた。

「高須賀さんが不幸な結婚生活で傷ついたのは確かでしょう。でも、死を考えるほどだったとは思えない。そんなヤワな人だったら、裁判を回避しようとした修司氏の和解案の申し出をもっと早くに受けていたはずです。五百万円の慰謝料提示を蹴って、徹底抗戦して裁判で勝った彼女がどれくらいもらったと思います？　三千万円ですよ。まだ若いし、これから十分やり直しが利く」

「でも、どんなに金があっても身体の調子が悪かったら」

しかし河田は皮肉っぽく笑った。

「その体調不良ってのも怪しいものだ。裁判に勝つには、そう宣伝していた方が心情に訴えるのに有利ですからね。元恋人の津田さんには悪いですが、俺は高須賀さんにはそんなしたたかな面があると見てました」

引っかかる点はもう一つある、と彼は話を続ける。

「津田さんが高須賀さんの誘いを断った後、すぐに彼女からそう連絡が来ました。その時にはもう津田さんが」

そこまで言って、河田はふいに言葉を止める。続く言葉を呑んだ、ように感じた。

「僕が？　何です？」

卓也は怪訝に思い問いかけたが、その疑問も続く河田の話の内容に驚いたせいで、頭の中から消えてしまった。

「ああ、いえ、津田さんに俺が接触した後だったんで、高須賀さんへの依頼は取り下げようと思ったんです。忙しい、なんて会いたくない人間に対して言う常套句ですしね。だから俺が津田さんに会ったことは言わずに、『残念だけど津田さんはもうあなたに興味がないようだから無理しなくていい』と言いました。そうしたら高須賀さん、『卓也は私に興味がないんじゃなくて、今すごく忙しいだけ。だから私の方から、佐賀先生の家まで行ってみる』と」

真知子はそこで卓也を待ち伏せするつもりだと言ったらしい。

「津田さんに会えなくても、佐賀先生に会えたら、もしかしたら元恋人の自分との仲を取り持ってもらえるかもしれないからとも言ってました」

「馬鹿な！」

真知子の性格なら、本当にやりかねない。案外河田はそれを狙って、真知子のプライドを突くようなことを言ったのではないだろうか。

けれど、自分を誰かが訪ねてきたなんて話は佐賀たちから聞いていない。さすがに真知子も考え直したのか。

「いや、実際、高須賀さんは佐賀先生の家へ行ってるんですよ」

「え、まさか、そんな」

河田は灰皿にタバコの灰を落として、卓也をひたりと睨んだ。

「津田さん、あなた高須賀さんの遺体がどこで発見されたのか知らないんですね。知っていたら、佐賀芳文崇拝者のあなたが俺に調査を依頼するはずがない」

「……真知子は……どこで」

「佐賀先生の私有地。あの家へ行く途中の森の中です」

「――えっ」

卓也は絶句し、河田を呆然と見返した。

「あの森で首吊り死体で発見されたんです」

河田は短くなったタバコを灰皿に捨て、再びファイルを捲った。

「地元の警察によると、あの森での自殺者は一人や二人ではないそうです。かといって、自殺の名所と言うほどに多い訳でもありませんが。街からほどよく離れている地点ということで死に場所に選ばれるのだろうと言ってました。――でも、高須賀さんに関しては偶然とは思えない」

「まさか……河田さんは……佐賀先生が真知子を殺したと」

「いいえ。警察の鑑識がはっきり自殺と断定しています。それについては不審な点は一切ありません。しかし――直接殺せなくても、間接的には殺せるかもしれない」

「間接的？」

河田はファイルを閉じて冷めてしまったコーヒーを一気に飲み干し、またタバコに手を伸ばす。

「津田さんは佐賀先生の幻想小説の魅力はどこにあると思いますか」

「……それは」

思いがけない質問に即答できず、卓也は言い淀む。対して河田は明快に言った。

「俺は、読むほどに引き込まれていく佐賀芳文独特の言葉にあると思います。一度よりは二度、二度よりは三度、読み返す毎により深い水底へ引きずり込まれていくような、存在感の濃い言葉の羅列」

それは卓也も味わった。だからこそ、佐賀作品の虜になった。

「気がつけばどっぷりとその世界へ浸っていて、と言うより、その世界に自分が今実際に存在して生きているような錯覚さえ起こしてしまう」

かつて文学評論家が『言葉の集合によって成る異世界である』と評した佐賀芳文の幻想小説。

「活字の言葉でそうなら、生の言葉――例えば先生との会話でならもっと簡単に、ある方向へ引っ張っていかれると思いませんか」

「……死ぬつもりのない者が……自ら死を選ぶ方へ、と」

白煙がゆらりとたなびき、河田の姿が霞む。

「そんな……馬鹿な話、ある訳が」

「ないとは言い切れませんよ。結婚詐欺なんて口先一つで騙すんですから」

「それとこれとは事の重大さが」

「違いませんよ。少し前に起こった新興宗教団体による犯罪だって同じだ。彼らは教祖の言葉だけが絶対で、教祖の語る狭量で独善的な世界以外認めず犯罪に走った。人が言葉で操れる見本です」

卓也は懸命に反論の糸口を探す。しかし河田の持論を決定的に覆す理論は見つからなかった。

「もう一つ、疑う理由があるんです。この男」

差し出された写真には車にもたれてタバコを吹かす男の姿が写っていた。

「この人――」

「遠山伸次。つきまとわれていたんですよね？」

「あ、いえ、不本意ですが僕はこの人に借金があって」

卓也は簡単にその経緯を説明した。

「その返済のための連絡を待っているところなんです。だからつきまとわれているという訳では」

あれから連絡もなかったので、借金も含めすっかり忘れていた。

「この男、死にましたよ」

「え、何故！」

「交通事故です」

見通しの良い道路でスピードを出し過ぎて緩いカーブを曲がり切れず壁に激突し、直後に車は炎上。ブレーキ痕がないことから居眠り運転と見られているという。

「遠山も死ぬ前に佐賀先生の家の周りをうろついていたんですよ」

遠山は元プロの雀士で、数回に渡る八百長試合がバレて業界から追放されたが、八百長の元締めだった春田に狡猾で強気な性格を見込まれて、小春日金融の取り立ての仕事をするようになったらしい。

「おそらくあなたを尾行して勤め先を調べたんでしょう。あなたから金が取れなければ勤め先に乗り込むつもりで」

「まさかそんな。あの人は仕事で暫く留守にすると言ってたんですよ」

「そうやって油断させておいて相手の出方を窺いながら、逃げられないように囲い込むのが遠山の手口です。で、尾行して知ったあなたの雇い主が金持ちだと踏んで、佐賀先生に会いに行ったんじゃないかと」

そんな話は佐賀から聞いていない。聞いていないが――。

性質の悪い想像が頭に浮かんだ。

代わりに金を払えと凄む遠山に、佐賀が穏やかに話しかける。初めは聞く耳を持たなかった遠山も魅力ある佐賀の話術に段々険しい表情が削がれ、聞き入るようになっていく。反論も見出せない完璧な佐賀の言葉の世界に遠山は引き込まれ、囚われ、そこから抜け出せなくなる。

——君は自分を生きていていい人間と思っているのかね？

佐賀の問いかけに人生の灯りが消える。

どこを向いても壁のような閉塞感に、心が急速に蝕まれていく。

虚ろになった遠山の目。力なくハンドルを握る手。

前方に壁が迫る。

壁。未来を、希望を、遮る壁。

身についた粗暴さがアクセルを踏み込ませる。

越せぬ壁なら、体当たりして壊せば。

その先にきっと光が——。

馬鹿馬鹿しい。

くだらない妄想を卓也は打ち捨てる。短時間で人を洗脳することなどできないし、催眠術も人の生死に関することは操れないと聞いたことがある。遠山は偶然、事故で死んだのだ。

しかしそうは考えない目の前の男は、短くなったタバコを強く灰皿に押しつけながら不敵に笑った。

「俺は高須賀さんの自殺と遠山の死で確信しました。姉の自殺にも佐賀先生が関わっていると」

「か、仮にそうだとしても、今更お姉さんの自殺の真相を知って何になるんですか。もしかしたら河田さんが余計傷つくだけかもしれない。そんなことお姉さんは望んでいないと思いますよ」

おや、と河田は首を傾げた。

「俺に高須賀さんの自殺の理由を調査させたあなたが、それを言うんですか？」

「……僕は……真知子が自殺した理由の中に僕の影がないか探したかったんです」

怪訝な顔をする河田に、卓也はわずかに笑って見せた。

「僕は真知子の自殺を知らされた時、驚きはしたけれど悲しみは感じなかった。恋人だった女性の死に、涙もない。自分がこれほど薄情な人間だとは思いませんでした。だから、真知子の自殺の理由の中に僕の薄情さがあって欲しかった。もし僕と会って話をしていれば自殺しなかったというのであれば、僕はそれを背負って苦しみたいと思ったんです。彼女のために泣けなかったけれど、せめて苦しみたい、と」

「それは……多少形が歪んではいますけど、愛情表現なのでは」

「いいえ、違います。僕は僕のために苦しみたいだけなんだ。苦しむことで、自分はそれほど薄情ではないと自分に言い訳したいだけなんだと思います」

「言い訳なんてしなくていいんじゃないですか？」

手元のタバコを空にしてしまった河田が、タバコを探してか鞄を探りながら言った。

「ようするに、昔の恋人にもう愛情がなくなってたってだけでしょう。それが何故悪いんですか」

あっけらかんと言い放たれて、卓也は呆けて彼を見る。

「一度愛した人間全てを、死ぬまで変わらず愛しているなんて人がいたらお目にかかりたいですよ。津田さんの倫理でいけば、初恋の人以外の人間と結ばれた者はみんな不誠実な人間ってことになる。なら、この世はろくでなしの集まりだ」

唖然とする卓也を河田は笑う。

「俺なんて初恋の人の名前も覚えてない。津田さんが薄情者なら、俺は鬼だな。人でなしですよ」

笑い飛ばされて、卓也は胸につかえていた何かが溶けていくのを感じた。彼の、この突き抜けた明るさと思考の切り替えの早さ。自分にはない魅力に心引かれる。

「ホント、津田さんは律儀だなあ。そんなんじゃ長生きできませんよ。——ああ、ちくしょう、さっきのが最後の一箱だったか」

卓也は薄く笑って、河田に自分のタバコを差し出した。

「河田さんこそタバコの量を減らさないと長生きできませんよ」

彼は笑って卓也のタバコを受け取り、

「いや、肺ガンで死ぬなら本望——」

言いかけて、不意に陰りのある顔を見せた。

「……津田さんは不安じゃないんですか」

「僕は河田さんほどへビースモーカーじゃありませんよ」

そうじゃない、と彼は首を振った。

「歴代の家庭教師がどうなったか話したでしょう。津田さんだって例外じゃないかもしれない」

「嫌だなあ、大丈夫ですよ。今のところピンクの象が歩いてると叫んで回ったりしてないし、夜逃げの予定もありません。宗教にも興味はないし——それとも、僕、どこかおかしいですか？」

卓也は笑ったが、河田は表情を崩さなかった。何か真摯なものを感じて笑顔を引いた卓也に、河田はファイルを開いて見せた。

「これ、見てください」

ファイルには日付入りで何人もの隠し撮り写真が並んでいた。その中に、卓也の写真もあった。

「無断で撮影したのは謝ります。この取材を始めてから、佐賀先生の周囲に現れた人物は全てこうして記録してたんです」

「佐賀先生のところに来た人を記録？　そういえば、一体どうやって僕が佐賀先生のところでバイトしていると知ったんですか」

河田は顔をしかめ、迷うように俯いて視線を下げたが、やがて思い切ったように顔を上げた。

「実は、佐賀先生の家の山中の私道沿いに、いくつか監視カメラを仕掛けてるんです」

「そんな！　私有地に勝手にそれは犯罪じゃないですか」

反射的にそう言ったが、卓也にはそんなカメラを私道で見た記憶がなかった。

自分が木々の多いところが苦手で、あの私道を通る時は極力周りを見ないように通っているから気づかなかったのだとしても、他にも通る人間はいる。例えば卓也を佐賀を探る記者かと誤解して用心した木下なら、見慣れぬ不審なカメラなどがあればすぐに気づいて、佐賀に注進するだろう。バレない訳がない。

「まあ、バレれば犯罪ですが、これほど簡単でいい取材方法はないんで。簡単にはバレない工夫はしてありますよ」

河田は罪悪感の欠片もなく笑った。

「あの辺りで野鳥の保護活動をしている会にいくらか活動費を寄附して、会の人から佐賀先生に頼んでもらったんですよ。野鳥保護のために実態調査をしたいので、あの辺りに巣箱を掛けさせて欲しいって」

「巣箱？　……もしかして」

「ええ、巣箱の中にカメラを入れてるんですよ。でも、会の方で本当に実態調査している巣箱もちゃんとありますよ」

保護の会の一人を会に内密に雇って、巣箱カメラを定期的に見回ってもらい、巣箱の中のカメラが撮る映像データは全て、彼のパソコンから河田の自宅のパソコンへ送信してもらっているのだそうだ。真知子の死体を発見したのもその人らしい。

「佐賀先生の家に行く人間は大抵車ですから、車のナンバーから所有者を割り出せるし、タクシーで来た人物ならそのタクシーの運転手に乗せた人間について聞きに行けばいい。津田さんは最初あの道を徒歩で来たので、顔がはっきり映っていてその後の調査がしやすかったです。で、最近ファイルを見直して俺は——鳥肌が立った」

河田は一枚の写真を指す。

覚えのある服装から見て最近の自分……だが。卓也は思わず目を見開いた。

「これ……僕ですか？」

近くのスーパーで買い物をしている姿だった。が、写真でさえありありと分かるほど、精気がない。目は虚ろで存在感が薄く、周りに写り込んでいる人物と比べて色彩さえぼやけているように見えた。なのに店内の照明でできた影は、黒々と濃い。

「何だ……これ」

これ一枚なら、カメラの調子が悪かったのだろうと笑えた。しかし、日付が現在に近づくにつれて卓也の表情は更に虚無になり、影ばかりが濃い。どの写真も何かを見据えているようで何も見ていないような、狂気的な瞳が深く光っている。

「人の目は無意識に憶測や感情が入るから、何事もその人が見たいと思うように見えるんです。でもレンズは冷酷だ。真実しか写さない。何の関係もない第三者の目で見れば、今のあなたはこんなふうに――異常に見えるんです」

河田は俯き、やがて顔を上げた。

「津田さん、佐賀先生に関わるのはもう止めた方がいい。ジャーナリストの立場としては津田さんが佐賀先生につながっていてくれた方が都合はいいけど、今回だけは後悔したくない。明日にでも家庭教師は辞めるべきです」

「……いや……しかし……」

「よく見てください。こっち、佐賀邸に通い始めたばかりの頃の津田さん、これが本来のあなたでしょう。目に力がある。覇気がある。けれど今のあなたはまるで――幽霊だ！」

卓也は以前撮られた写真と最近の写真を見比べる。前に撮ったという写真は、貸与された車を駐車しているシマダパーキングに入ろうとしているところを撮られたものだった。

二枚を見比べれば一目瞭然だった。不安定な未来を憂いていた頃の卓也には精悍さがあったが、作家への道が開けて充実しているはずの今は幽鬼のようだ。

不吉な予感がする。予感はするけれど――。

「今、辞める訳にはいかないんです」

欲しくて欲しくて焦がれ、ようやく手に入れた何もかもが、あそこから始まった。あれは自分にとって上り坂なのだ。自ら下ることはできない。

卓也は本心を隠して言い訳する。

「だって、僕はまだ河田さんとの約束を果たしてない。さっちゃんがいつあの家に引き取られたのか、聞いてないいんです」

「そんなのはもういい！」

「よくありません。僕は律儀なんです」

卓也はふらりと立ち上がり、伝票を掴む。

「調査、ありがとうございました。約束の件は、電話で連絡します」

一礼してレジに向かう卓也の背後で、河田が何か叫んでいたが。

聞こえなかった。

4

白い小さな丸い花だ。

シロツメ草が群れ咲いている。

卓也は花輪を編んでいる。

向こうを向いて座っている幸子も、同じように花輪を編んでいる。

花輪がうまく作れなくてイライラした。なんて不器用なんだ、とため息をついた目の前にほんのり光る草がある。

四葉のクローバーだ。持っていると幸せになれる、と中学生の時隣の席だった女の子が教えてくれた。

幸子にあげよう。

佐賀夫妻が願うように、名前の通り幸せになって欲しいから。

「さっちゃん、いいもの見つけたよ」

幸子に四葉を差し出す。

……待てよ。こんな場面、いつか体験したような。

振り向かない幸子から視線を外して、周りを見回す。

美しい緑の芝生。花壇に咲き乱れる花々。

庭から見える森は若葉が鮮やかに萌え、風に光り、揺れる。

空は、雲一つない青空。

——景色がいいって見とれてると
誰の言葉だった？　……思い出せない。

幸子は黙々と花を編んでいる。

「さっちゃん？」

——さちこっていうんじゃ
そう、さちこ、だ。まちこじゃない。

——引き取られた時期を
それだけだ。約束したのは。

約束。おかあさんとの約束。

違う。約束したのは河田とだ。

「さっちゃんはいつからこの家にいるの？」

「ずっと前から」

小さな背中が答える。

このくらいの歳の子には、一ヶ月だろうと一年だろうと同じ『ずっと前』なのだ。他の話を聞いて推測するしかない。

「この家に来る前のこと、何か覚えてるかな？」

「……じんじゃ」

ぽつりとこぼした言葉を聞き取り、卓也は問い直す。

「じんじゃ……神社、かな。お祭りにでも行ったの？」

幸子はゆるゆると首を振る。

「神社の杜——女の人と女の子……紅いスカートの」

何を……言ってるんだ？

「二人とも裏へ行った。先生も後をついていって」

幸子がくるりとこちらに向き直る。ガラスの瞳が卓也を射抜いた。

「全部、見たね。見たのに——誰にも言わなかった」

あ……ああああ。

「あの子は今でも、右手の親指がないって泣いてる」

あの子。紅いスカートのあの子。

子守唄。飛び立つカラス。

——この子と一緒に行ってやって

あああああああああああああ——。


額が心地よくひやりと冷えて、目が覚めた。

濡れたタオルが額に乗せられていた。

「大丈夫ですか？」

良江の声だった。

「……ここは？」

身体を起こしかけると、頭が痛んだ。

「まあ、まだ起きてはいけませんよ」

良江にやんわり肩を押されて、卓也は再び横になる。

「庭で突然倒れて……びっくりしましたよ。最近、根を詰めてお仕事なさってるんじゃないですか？」

無理は駄目です、柔らかく叱る良江の声に微笑み返すと、

「さあ、これを飲んで」

ストローつきのグラスが差し出される。中身は蜂蜜入りのレモンジュースだった。卓也は一気に飲み干し、大きく息を吐く。

「ゆっくりお休みください。何も考えないで」

言われるまでもなかった。

気だるい眠気に絡め取られるように、卓也はすぐに眠りに落ちていった。

再び目が覚めた時、卓也は自分がどこにいるのか分からなかった。

見慣れぬ天井の室内灯が、薄暗く室内を照らしている。高価そうな机と重厚な本棚、そして自分の寝ているベッドには見覚えがある。引っ越しのお祝いにと佐賀と良江から贈られた家具だ。

そうだ。ここは佐賀の家の、卓也が間借りする予定の部屋だ。

――庭で突然倒れて

――ゆっくりお休みください

どうやら自分はあのまま寝入ってしまっていたらしい。

喉が焼け付くように渇いていた。机の上に水差しとコップが置かれてあるのを見て、卓也はふらふらとベッドから降りて水差しから直接水を飲んだ。

今、何時なのだろう。窓のカーテンの隙間から見える外は、闇一色だった。部屋には時計はなかった。腕時計をつけていたはずだが、良江が外してどこかに置いたのか見当たらない。

それより、良江を探して迷惑をかけた詫びと世話になった礼を言い、帰らなくては。

部屋を出ると、廊下には暗いオレンジ色の明かりが灯っていた。家の中は無人のごとく静まり返っている。幸子の部屋のドアへ目を向けたが、もう眠ってしまっているかもしれないと思い、ノックするのは止めた。

居間にも応接室にも誰もいなかった。ふと思いついて食堂へ行ってみると、少し開いたドアの隙間から薄く光が漏れていて、白い人影——割烹着姿の女性の背中がちらりと見えた。多分、家政婦のキクさんという人だろう。

驚かせないようにドアをノックして、

「あのう、すみません」

声をかけてからドアを開く。

彼女はカウンターの奥の流し台に向かって立っていた。後ろ姿が良江によく似ている。ということは、良江と同じくらいの歳なのだろうか。

卓也が入ってきたのに気づかないのか、彼女は振り向きもしない。

「……あのう」

卓也が遠慮がちに声をかけると、

「何でしょう」

返事はしてくれたが、やはり振り返りはしなかった。

「奥さんはどちらに」

「休まれました」

「佐賀先生は」

「二階でお仕事中です」

無表情な声だった。家庭教師を始めた頃の幸子を思い出す。

「今、何時でしょうか」

「十一時四十八分です」

時計を見る仕草もなく彼女は答えた。

何をしているのか動く様子もなく、ただそこにじっと立っている。

「お風呂とお食事の用意ができております。先にお風呂へどうぞ」

「いえ、あの、僕はこれから帰りますから」

「お身体の調子が悪い時に、夜道を車で帰られるのは心配ですから、今日はここへお泊りくださいとのことです」

背を向けた立ち姿のせいか、言葉まで突き放されたような冷たさを感じる。しかし、こちらを向けと言う訳にもいかないだろう。この人は人と顔を合わすのを厭う人なのだから。

「……それじゃあ、お言葉に甘えます」

今からこの家を出ても終電に間に合わないし、心遣いを固辞して挨拶もせずに帰るのもどうかと思い、ありがたく厚意を受けることにした。

「すみません。遅い時間にご迷惑をかけます」

卓也がそう言って食堂を出ていこうとしても、マネキンのような後ろ姿は崩れなかった。振り返らぬ影に会釈してドアを閉めたが――何か、生きている人間と会話した実感が湧いてこなかった。

風呂の脱衣所に用意されていたタオルと剃刀を借りて身体と髪を洗い髭を剃ると、完全に眠気が覚めた。

浴室から出ると、いつの間に持ってきてくれたのか、真新しいパジャマと下着が置いてあった。パジャマも下着も卓也のサイズに合わせてあり、デザインも若者向きだった。

不意の泊り客用に買い置きしていたものなのだろうかと思ったが、佐賀の交友関係を考えると不自然な気がする。佐賀と付き合いのある人間でこんなパジャマを着そうな歳の者は、卓也が今まで知る限り一人も思い浮かばなかった。が、佐賀の友人全てを把握している訳ではないから、若い人間との付き合いがあるのを卓也が知らないだけなのかもしれなかった。

食堂に戻ってみると、食事の用意がしてあった。キクの姿はなく、テーブルに書き置きがしてある。

『お食事が済まれましたら

食器はそのままお置きください』

一人用にしては大きめの土鍋の蓋を開けると、雑炊の湯気が立った。脇に並ぶ小鉢にはキュウリとワカメの酢の物、だし巻き卵、煮豆。急須の茶はやや温めで、風呂上りの卓也の喉を潤すのにちょうどいい温度だった。デザートの桃はほどよく冷えている。

体調不良で休んでいた身には多すぎる食事の量だと思ったが、食べ始めると手が止まらなくなった。食べるほどに空腹を感じて、食べきれないはずの食事を完食してしまった。それでもまだ何か物足りないくらいだった。

夜も遅い時間に、風呂や食事などの行き届いた心遣いに感謝すべきなのに、何故だろうか、卓也には漠然とした不安がつきまとう。

まだ体調が万全ではないのかもしれないと、卓也は深く考え込むのを止めて汚した食器を洗うため流し台へ運ぶ。ただでさえ迷惑をかけているのだから、書き置きの通りそのまま置いておく訳にはいかない。

そして違和感を感じること暫し——突然、奇妙な事実に気づいた。

流し台は、水を使った跡もなく乾き切っていた。

5

昼間眠ったせいか、卓也はなかなか寝付けなかった。

エアコンが効いている室内は快適だが、外の風に当たりたくなり、庭側の掃き出し窓を開ける。風は湿っぽく温かったが、花の香りがして気持ちよかった。

散歩でもしたくなり靴を取りに玄関へ行こうとしたが、窓の下に男物のサンダルがあるのを見つけ、それを借りて庭へ出た。

庭の中央まで出て大きく背伸びをする。眺めた夜空には端が白く光る雲の一塊が浮いていた。十分とは言えないが地上は月夜の恩恵を受け、仄かに明るかった。

振り返ると、家の二階の二箇所に明かりが灯っていた。その一つは佐賀が仕事をしている部屋の明かりだ。

――あの歳でこんな時間まで仕事をするなんて、並の人間じゃないな。『妖怪』のあだ名はやはり相応しいかも

卓也はタバコをくわえて火をつけ――かけた手を止めた。

二階の明かりがついているそれぞれの部屋の窓に、同時に人影が映ったのだ。

一人は佐賀だろう。なら、もう一人は誰だ？

良江、ではない。窓の桟の位置でおおよその身長を目測したが、小柄な良江ではありえなかった。

もしや不法侵入者か、と良からぬ想像が沸き起こったが、すぐに打ち消される。

河田が言っていたではないか。この家のセキュリティーは万全だと。佐賀の話でも、夫婦の年齢を考慮してどこで何があってもいいように各部屋に警備会社直通の非常ボタンを設置してあるらしいし、二階にいるなら出版社の人間だろう。

卓也は幾分安堵して、タバコに火をつけ深々と吸った。頭がくらりと揺れ、長く喫煙していない身体だと証明する。

そういえば、何をしていて自分は倒れたのだろう。

いや、それ以前に、今日ここへ来る時の記憶がまるでない。

それどころか、昨日河田とファミレスで別れた直後から空白だった。

ファミレスを出てから良江の看病を受けるまでの間の記憶が、完全に抜け落ちている。

——おかしい。どうしたんだ、僕は。やはり家に帰ってみようか。

家なら自分の行動を思い出す何かがあるはずだ。

卓也は足元にタバコを捨て、火を踏み消す。そして踵を返そうとして、庭の隅に人影を見つけ立ち止まった。

遠目にも分かる、麦藁帽と白いシャツ。多分、庭師の末吉だ。彼は庭の端を通り、森の中へ入ろうとしていた。

こんな真夜中に、あの人は何をしているのだろう。今の時間でしかできない仕事があるのか、退っ引きならない事情があるのか。

どっちにしても夜一人で灯りも持たず森へ行くのは危ない。止めなければ。

卓也は彼に向かって歩き出す——と、後ろから腕を引っ張られた。

「うわぁ！」

思わず声を上げて振り向くと、幸子が卓也の腕を掴んでいた。

「……さっちゃんか。びっくりしたよ」

「ダメ」

え、と卓也は顔をしかめる。

「森へ、行っては、駄目」

出会った頃の、無表情で抑揚のないしゃべり方をする幸子――にしても、違和感がある。

「まだ、森へ行くべき時、ではない」

年頃に見合わない、大人びた口調と言葉。

ふと、いつか庭で四葉のクローバーを差し出した手を握ってきた幸子を思い出した。今目の前にいる幸子は、あの時の幸子のようだ。

まるで幸子の中に別の人格の幸子がいるような……。そうでないなら、もしかして、この子には夢遊病の気があるのではないのか？

でも、それなら。

何故、白いワンピースを着ているんだ。パジャマではなく。

何故、サンダルを履いているんだ。普通に外へ出る時みたいに。

七歳の女の子が真夜中に、昼間と同じ格好で何故ここにいるんだ。


「あなたは、思い出さなければ、ならない」


何を？

「自ら、封印した、過去を」

過去？　封印した過去……とは？

呆然と卓也は立ち尽くす。

幸子は卓也の腕を掴んだ手を放し、背を向けて歩き出した。

風が吹き、森が揺れる。末吉の姿はもうどこにもない。

幸子の白いワンピースが家の陰へと消えていく。卓也の足は無意識に幸子の後を追いかけた。追いかけて、ダリアの花壇を曲がり、玄関脇に出る——はずが。

簡素な舗装の道が古い一軒家へ向かって伸びていた。道の右側は何かの工場らしい建物と敷地、左側は工場の倉庫と駐車場だ。一軒家の向こうに建ち並ぶビニールハウスではトマトを栽培している、と卓也は知っている。

知っている……あれは卓也が幼い頃暮らした甲府の家だった。

立ち上がる感情は、懐かしいなどという甘く柔らかなものではなく、ざらついた舌で舐められるような嫌悪感。

赤い夾竹桃の咲く庭。玄関のサッシ戸を開けると、男物の黒い靴。

玄関に黒い靴がある間は、家に帰ってはいけない。

おかあさんとの約束。おとうさんには言わない約束。

でもあの日——僕は約束を破った。

6

ノックの音で目が覚めた時には、カーテンの隙間から朝日が差し込んでいた。

「先生、起きていらっしゃいますか?」

良江の声だった。

「あ、はい。——どうぞ」

「お体の具合、いかがですか?」

良江が心配そうな顔で入ってきた。

「もう何ともないようです。ご迷惑をおかけして申し訳ありませんでした」

「いいえ、お気になさらないで。ずっとよくお休みのようでしたから、夕食にも起こさずごめんなさいね」

「あ、いえ。お風呂と夜食をありがとうございました」

そういえば、キクは住み込みでなく通いで働いていると聞いたが、昨夜あれから夜道を帰ったのだろうか。

「朝食ができていますけど、ここへ運びましょうか?」

「とんでもない。起きて食堂へ行きます」

ベッドから降りようとして、部屋の入り口から中を覗いている幸子を見つけた。

「さっちゃん、おはよう」

「……おはよう」

言いながら幸子ははにかんでドアの陰に隠れる。

「幸子、先生はもう良くなったそうですよ」

昨日から随分心配して、何回もこっそり様子を見に来ていたらしい。

「心配かけてごめんね。もう元気になったから、今日はまた一緒に遊ぼうね」

「でも先生、今日はお休みの日でしょう」

「いいえ、昨日休ませていただいた分、よかったら今日と入れ替えさせてください」

笑う卓也に、良江も微笑み返す。

「よかったわね、幸子」

ドアの陰から「はい」と明るい返事が聞こえた。


良江たちには良くなったと言ったものの鈍い疲れのような気だるさが身体に残っていて、あまり朝食は進まなかった。

体調が悪い、と言うより精神的に不調なのだ。だから、あんな気持ちの悪い夢を見たのだと卓也は自分に言い聞かせる。

今、目の前にいる幸子に夕べのような奇妙さはない。普通の七歳の少女だ。

夢。全て夢だ――けれどどこからが夢だったのか。

卓也は茶を飲み、一息ついたふりでため息を吐く。思考を切り替えようと、現実的な話題を持ち出した。

「……あの、佐賀先生はどうされたんですか」

佐賀はまだ朝食の席に姿を見せていなかった。

「どうも明け方まで仕事をしていたようで、まだ休んでいますの」

夜中の部屋の明かり。二人の影。

「あの……昨日は誰か二階にお泊りだったんですか？」

つい聞いてしまった卓也の問いに、

「いいえ、どなたも」

良江は不思議そうに首を振った。

やはり夢だったんじゃないか。多分、夜食を食べて部屋に戻った後すぐに寝てしまったんだ。そして夢を見た。眠れない、と掃き出し窓を開けた——あそこからが夢だったんだ。

朝食の後、ボール遊びをしようと幸子と約束した。幸子はスカートをパンツに着替えてくるというので、卓也は先に庭に出て待つことにした。

ソフトビニールのボールを弄びながら、ぼんやりと芝生の庭を眺めていて——視線が止まる。卓也はその一点に近づき、言葉を失った。

そこには、昨夜卓也が捨てた吸殻が一本、踏み消した跡そのままに落ちていた。

胸の内に言いようのない不安が渦巻いた。

記憶が丸一日なかったり、自分の言動が夢か現実か区別できなかったりするなんて、最近多い物忘れと言うには度を超し過ぎて異常だ。

佐賀邸で過ごす時間以外の記憶が断片的にしかないことも、どうして今まで深く考えなかったのだろう。

冷静に振り返ってみると、近頃の自分は明らかにおかしい。

誰かに相談した方がいいだろうかと考えた時、何故か河田の顔が浮かんだ。

――幸子がいつ引き取られたか

河田の声と共に、悪夢までが甦る。

全部見た。なのに、誰にも言わなかった。

幸子は夢の中でそう言った。

何を「全部見た」のか、自分は知っているはずだ。知っているから怖かったのだ。叫び声を上げるほど。

それが、目を覚ますと「見た」ものを忘れている。いや、思い出したくなくて、忘れているふりをしているだけなのかもしれない。

思い出さなければならない自ら封印した過去とは、何だろう。

それほどに恐れている「見た」ものとは、何なのだろうか。

7

ボール遊びに飽きた幸子と砂場で遊んでいると、良江が来客だと呼びに来た。

「……僕に、ですか？」

出版社の人間ではなく、友人と名乗ったそうだ。しかしこんなところにまで訪ねてくる友人など卓也には一人も思い浮かばなかった。第一、卓也のバイト先は誰も知らない。

庭から玄関に回り、そこで佐賀と話をしている人物を見て、卓也は声も出なかった。長かった髪を切ってサラリーマン風に整えスーツを着込み、黒縁の眼鏡をかけた河田がそこにいた。

「あ、津田」

立ち尽くす卓也に気づいた河田が、旧知の友人のように声をかけてきた。

「やっぱり新堂は駄目みたいだ」

何の話か分からずうろたえる卓也の背中越しに、

「どうなさったの？」

良江が佐賀に事情を尋ねた。

「津田君の大学時代の友達がね、何日か前に事故に遭って集中治療室にいるそうなんだが、もういけないらしい」

「まあ……」

「それで、この川本さんが病院から連絡を受けて、津田君を迎えに来てくれたんだよ」

「津田、急げ。臨終に間に合わないかもしれない。有藤と水原は島崎が迎えにいった。他のみんなも病院へ駆けつけてる」

河田、いや自称川本が早口で卓也を急き立てる。

「津田さん、早く行ってあげて」

良江までもが背中を押す。

新堂とは、新堂総一郎（そういちろう）のことだろうか。大学中退以来会っていないが、卒業後すぐに結婚して家業の呉服屋を継ぎ、子供もできたと誰かから聞いた。物静かで控え目で、思いやりのある優しい男だった。あいつが事故でもう駄目だなんて。

ショックで立ち尽くしていると、良江が卓也の鞄を持ってきてくれた。

「申し訳ありません。一刻を争う時ですので失礼します」

河田が卓也の代わりに鞄を受け取り、佐賀と良江に一礼すると、呆然としている卓也の腕を引っ張って玄関先に停めた車に向かった。

「あの、あの」

「……いいから、黙って」

低く呟いた河田の声は緊迫していた。ただ事ではない気配を感じて、卓也はおとなしく彼に従う。

卓也を車の助手席に押し込み運転席へ回ろうとした河田に、玄関先から見送りに出てきた佐賀が問いかけてきた。

「川本さん。私とどこかで会った記憶はありませんか」

河田は佐賀を振り返り、顔を見つめた後、首を傾げた。

「さあ……申し訳ありませんが、私には覚えが」

「では私の勘違いか。君に似た雑誌記者がいたのでね。失礼した」

河田は佐賀に黙礼すると、車に乗り込んだ。

「津田さん、間に合うといいわね」

車が遠ざかるのを見送った良江が心配げに言うと、

「あれはあの男の嘘だよ」

佐賀は首を横に振った。

「あの男は春先から私の周りをうろついている記者だよ。何が目的で津田君を連れ出したのかは知らないが、無駄なことだ」

冷ややかに笑い、いつの間にか佐賀の傍に来ていた幸子の背中を優しく撫でた。

「大丈夫だよ。津田君はここに帰ってくるよ、必ず」

笑いかける佐賀に、幸子は無言で頷いた。

8

河田は森を抜けるまで一言も口を利かなかった。公道へ出て自動販売機の並ぶスペースに車を寄せ、そこでようやく口を開いた。

「あー、びびった。やっぱ、バレバレだったか。俺は役者にはなれそうもないな。あ、津田さんも何か飲みますか？　俺、喉渇いちゃって」

緊張が急に解かれた反動からか、河田はせっかく整えた頭をガシガシ掻いて乱した。

「それって……どういうことです！　新堂が事故でもう駄目だって話は。いや、そもそもどうして河田さんが新堂のことを」

「津田さんと親しかった人を探しているときに出て来た人の名を適当に借りただけです。当然新堂さんの話は嘘なんで安心してください。ああでも言わなきゃ、津田さんを連れ出せなかったんで」

「連れ出すって……何故」

河田はたれ目を更にたれさせて、笑った。

「心配しましたよ。とにかく、無事でよかった」

無事とはおかしな言い方をする。戦場に行った訳でもないのに。

「話が全然分からない。いったい何なんですか」

もし河田が記者だと佐賀にバレているのであれば、自分をすんなり河田と共に行かせた佐賀の心境が分からない。もしかしたら、佐賀の私生活を探る河田と通じていると思われて、このまま解雇となってしまうのでは。

「今すぐ戻ってください。僕は記者と通じていると佐賀先生に疑われているかもしれない。早急に誤解を解かなくては」

「それは俺の話を聞いてもらってからでも遅くないと思いますよ」

「話？　どんな話ですか」

河田は小銭を探して車内を探りながら、言葉を濁した。

「……まあ……それはこれから行く家で」

「どこですか」

「行けば分かりますよ」

ダッシュボードの中に小銭入れを見つけた河田はコーラを二本買い、一本を卓也に差し出した。

一口うまそうに飲んだ河田は、ふいに暗い表情を見せた。

「津田さん、俺は今つくづく後悔しています。こんな仕事するんじゃなかったって」

「あなたは十分、雑誌記者に向いていると思いますがね」

旺盛な好奇心と粘りと行動力。彼には三拍子揃っている。押しの強さなど、卓也にすれば羨むべき長所だ。

しかし彼は首を振った。

「そういう意味じゃなくて、佐賀先生の取材を、です」

「何か……あったんですか」

「俺は会社をクビになってしまったんですよ」

「——何故」

「横領、だそうです。会社の金、三百万円を使い込んだ、と。返済はしなくていいから、会社を辞めろと言われた。——冗談じゃない！　事務職でもない俺がどうしてそんなことできるんだ！」

河田はガツンとハンドルを叩く。

「濡れ衣なら、弁護士に相談して……」

「駄目です。黙って辞めなければ裁判にすると脅された。ということは、俺を嵌めた誰かは周到に準備を整えてるんでしょう」

やっぱりあれは本当だったのかと呟いて、彼はコーラを飲み干した。

「あれ、とは？」

「マスコミ関係者の間では結構有名な話なんですよ。佐賀芳文のプライバシーには触れるな、ってのは」

河田は大きくため息をついた。

「津田さんは今までに佐賀先生の私生活について書かれた記事を読んだ記憶、ありますか？」

「……いや、ないですね」

「そう、誰も書いていないんです。書こうとした人間はいる。けれど取材の結果が活字になったことは一度もない」

「どうしてですか」

河田は後ろの席に置いた鞄から例のファイルを取り出した。

「何年か前、文林社が突然倒産したの、記憶にありますか」

文林社は結構大きな出版社だった。本来の事業以外の分野に手を出したツケが回り、誰も予想しなかった終焉を迎えた。

「その文林社が発行していた『読書公園』って月刊雑誌の記者が、佐賀先生の私生活を書こうと取材してたらしいんですけど、会社の倒産でその雑誌そのものがなくなってしまいました。他にも、似たような話は多いんですよ。編集長が変わって方針が変更されたとか、取材していた同時期に他に世間の目を引くような事件が起こって企画が差し替えられたとか。俺みたいに何かのトラブルで記者自身がマスコミの世界から消えたってことも、あったみたいです」

俺も散々言われたんだけどなあ、と河田は苦笑いし、

「この世界で生きていきたきゃ、佐賀芳文には手を出すなって」

大きなため息を一つ吐くと表情を引き締めて、卓也に問いかけてきた。

「津田さんは神様って信じますか？」

「はあ？」

脈絡のない話に戸惑ったが、卓也は頷いた。

「ええ……信じますね。特定の宗教に傾倒するほどではありませんが」

「俺は信じません。神様もＵＦＯも雪男も。俺は基本的に、自分の目と耳で確かめたことしか信じないタイプなんです」

現実主義者ということか。この男の性格ならそうだろう。

「だから他人が書いた記事なんて、その人間の主観と出版社の事情が入ってるだろうから、額面通り受け取れない。グルメ番組を見ても、その料理が自分にとって本当においしいかどうかは分からないでしょう？　それと同じで、何事も自分で体験してみないと納得しないんですよ」

「それは――不幸な性格ですね」

卓也は皮肉を言ったが、

「そう……不幸かもしれないなあ。麻薬取り引きの記事を書こうとして部屋に銃弾を撃ち込まれたこともあるし、幽霊が出るって有名な廃屋に一晩泊まって風邪をひいたこともある。他人の助言を素直に聞けばいいものを、聞かずに自分で確かめようとするから、今回は職を失うはめになった。……でもね」

彼は真摯に捕らえたのか、顔から笑みが消えた。

「俺は自分で見聞きして尚、信じられないものにぶち当たったのはこれが初めてですよ」

「現実主義者のあなたでも、ですか？」

「自己見聞以外は信じない、というのは裏を返せば自分で確認したものは納得するのが道理です。けど、今回だけはどうしても納得できない」

意外に深刻な河田を見て、卓也の顔からも笑みが引く。

「それに、この世には奇縁というものがあると痛感したばかりですしね」

「奇縁？　何ですか、それは？」

「人の予想を超えてつながる縁ですよ」

卓也の問いに河田は曖昧に答えて、コーラを飲み干すと車のエンジンをかけた。

「さて、とりあえず行きましょうか。行った先で何もかもお話しますよ。津田さんは着くまで寝てください。顔色、すごく悪いですよ」

余計なお世話だと言おうとしたが、確かに疲れている自覚はあった。

それに思わせぶりな河田の話にも正直興味があった。

話を聞いた後で佐賀邸に戻り、「河田が雑誌記者であるのは知っていた。少し前に佐賀先生の私生活の話を聞かせて欲しいと頼まれたが断った。それでもつきまとわれていて、友人が危篤というのも嘘だと分かっていたが、彼が佐賀先生についてどんな情報を掴んでいるのか探るためにあえて同行した」と言い訳することもできる。

卓也は座っているシートを少し倒し、座り直すと目を閉じた。

そんな卓也を見て、河田は無言で車を発進させた。

第六章

1

もうすぐ着きます、と河田に起こされて目を覚ました卓也が車窓の外に見たものは、よく見慣れた風景だった。

「……え、何、これ僕の家の近くじゃ……」

まだ目が覚めきらない卓也がぼんやりしている間に着いたのは、まさに卓也のアパート。正確にはその隣の一軒家、トキの家だった。

河田は狭い前庭に車を乗り入れた。

「トキさん、連れて帰れたよ」

卓也を引っ張って、ずかずかと玄関に入る。

「ちょ、ちょっと待ってください。何だってこんなところへ」

抗う卓也の頭を、いきなり叩く者がいた。

「こんなところで悪かったね」

トキが上がり口で仁王立ちしていた。

うろたえる卓也に、何やら呪文のような経のような言葉を唱える。もう一度パンと頭を叩かれた瞬間、卓也は重いコートを脱がされたような気分になった。

「あれほど言ってやったのに……大馬鹿者が」

トキは不機嫌に卓也たちを睨むと、

「お上がり」

無愛想に一言言って、奥へ引っ込んだ。


戸惑いながらも家に上がり込んだ卓也たちに、トキは白湯のような出がらしの茶を出す。

「もう放っておきなと言ったろ」

トキは河田を睨みつけた。

「いや、だってやっぱり気になるじゃないですか」

「無駄な努力は腹が減るだけだよ」

妙に親しげな二人を卓也が不思議に思い、

「あの、お二人はお知り合いだったんですか？」

率直に問うと、河田はばつが悪そうに笑って頷いた。

「実は津田さんに初めて会う前に、すでにトキさんとは何度か会っていて」

最初は卓也の素性調査のため、卓也の住まいの大家から情報を得ようとトキを訪ねたのだが、口は悪いが意外に情が深く博識な彼女に敬意を抱き、懇意になったのだそうだ。

「それで、何故僕はここに連れてこられたんでしょうか」

卓也は事情を問うたが河田は答えず、代わりに質問された。

「津田さん、女の子が引き取られた時期、分かりましたか」

「いや……まだです。実は体調が悪くて、昨日一日寝てたので」

「えっ？　ずっと留守だったじゃないですか。俺、何度も部屋に行ったんですよ」

「あの、佐賀先生の家にいる時に過労で倒れてしまったので、そのまま泊めてもらったんです」

「じゃあ、その前の日はどこにいたんですか。電話にも出ないし、いつ来ても留守なんで心配しましたよ。何かあったんじゃないかって」

「ちょっと待ってください。その前の日は、って、河田さんに会った日じゃないですか。河田さんこそ大丈夫ですか」

卓也が苦笑すると、河田は顔をしかめた。

「……何言ってるんです？　俺と会ったのはもう一週間も前ですよ？　あれから全然連絡取れない

し、これはただごとじゃないって」

一週間？　たった一日ではなく一週間も経っている？

そんな馬鹿な話があるだろうか。

「……悪い冗談は」

「冗談じゃありませんよ」

河田は憤慨し、声を大にする。

なんとか反証しようと口を開きかけた卓也を、不意に蘇った昨夜の記憶が止めた。キクの用意した過分な夜食を、まさに数日飲まず食わずだったかのような異常な食欲で平らげた記憶が。

「何回部屋を訪ねていってもいないんで、もしかしたら急に引っ越したのかと思ってトキさんに聞きに行ったら、まだ退去はしてないって。おまけにもう津田さんはここへは帰ってこないだろうなんて言うから、決死の覚悟で単身佐賀邸へ乗り込んでいったってのに」

自分は記憶障害が起こる病気なのだろうか。それなら早急に医者へ……。

「トキさんはもう津田さんには言葉が通じないなんて――」

何だろう。河田の声が急に遠のいていく。

いや、遠のいていくのは自分だろうか。肉体だけをここへ残したまま、意識が離れていくように、全てが霞んで……。

バンっと強い衝撃を頬に感じた。平手打ちされた、と分かって、意識が自分の中へ戻ってくる。

「トキさん！　何を」

慌てる河田に、

「悪い方向へ行きそうな馬鹿を止めただけだよ」

トキはフンと鼻を鳴らして、そっぽを向いた。

「津田さん！　本当に大丈夫なんでしょうね？　俺の話、聞いてもらえますか？」

河田が卓也の肩を掴んで揺すった。

「ええ、大丈夫。ちゃんと聞きます」

叩かれた頬が熱く痛む。けれどこの痛みがあるからこそ、ここに留まっていられるような気がした。

「……俺が信じられない話だから、津田さんはもっと信じられないだろうけど」

彼にしては歯切れの悪い物言いだった。

「分かったんですよ。幸子という子の身元が」

河田は卓也の方に向き直る。

「聞いて、驚いてください。あの子が佐賀先生に引き取られたのは――四十五年前なんです」


「――何を馬鹿な」

卓也は失笑を抑えられなかった。

「それならあの子は五十を過ぎたおばさんなんですか？　えらく若作りだ」

馬鹿馬鹿しくてまともに相手する気にもなれない。しかし河田は真剣だった。

「本当なんです。今から四十五年前、佐賀先生が文壇にデビューする以前に住んでいた長屋の、隣に住んでいた夫婦の子供が『幸子』――さっちゃんなんですよ」

河田はファイルを取り出して、手早くページを捲る。

「幸子の両親は無理心中したそうで、一人残された幸子を佐賀夫妻が引き取ったんです。幸子の両親の事件を担当した警察官に会って、話を聞いてきました」

2

当時、佐賀夫妻は六畳一間の古長屋に住んでいた。

しかし道路拡張のため取り壊されることになり、立ち退きを迫られた。他の住人は早々に引っ越していき、最後に残ったのが佐賀と隣だった。

事件は佐賀夫妻が留守の間に起こった。

引っ越し先探しと新しい家を借りる金の工面に、二日ほど家を空けて戻ってきた時、隣の様子がおかしいのに気づいて訪ねていき、夫婦の死体を見つけた。玄関近くに夫、部屋の真ん中に妻。どちらも血塗れで、部屋の隅には幸子がうつ伏せに倒れていた。てっきり一家が強盗に襲われたのだと思った佐賀は、良江を自宅に戻らせて鍵をかけさせ、自ら警察へ連絡に走った。

が、幸子は生きていた。両親の死後、水しか口にしておらず衰弱していたが、外傷はなかった。ただ、口が利けなくなっていた。

——おそらく、あの子は両親の修羅場を見たんだろう。酷い話だよ。かわいそうに

齢八十歳を超える元警察官は額に刻まれた深い皺を更に深くした。四十五年も前の事件を未だによく覚えているのは、彼が扱った最後の事件だったからだそうだ。彼はその事件の後、警察を退職して実家に戻り、家業の農業を継いでいた。

——何だか、殺伐とした仕事が嫌になってね

あの頃のことは思い出したくもないと渋る彼をどうにか説き伏せて、河田は事件の詳細を聞き出した。

警察の調べによると、無理心中した夫婦は普段から仲が悪かったらしい。喧嘩が始まると昼夜問わず幸子は外へ出てうずくまっていたそうで、そんな幸子を哀れに思った良江が、時々自分の家へ呼び入れてやっていたのを長屋の元住人たちも見ている。

夫婦の死は喧嘩が高じた無理心中として片付けられたが、二人の亡骸も幸子も引き取る者がいなかった。二人は正式な夫婦ではなく、男は正確な名前すら分からなかった。女の方は戸籍の調べはついたが、天涯孤独の身の上だった。引き取り手がなければ幸子は施設に行くしかない。

それを聞いて佐賀夫妻は自分たちが幸子を引き取ると申し出た。佐賀夫妻は子供好きで、普段から両親が不仲という恵まれない家庭にいる幸子を不憫に思っていたようだ。

しかし、その時点では長屋から引っ越す当ても、金もなかった。そんな状況であったので、役場

の福祉担当者も初めは佐賀夫妻の申し出に応じなかったが、毎日幸子を見舞う佐賀夫妻の愛情と熱意、何より幸子が夫妻に懐いているのを見て、態度を軟化させた。幸子の主治医や福祉施設の責任者などを交え、夫妻と何度も話し合った結果、最終的に夫妻の生活が安定するまで幸子は施設に預かってもらい、三人で暮らせる環境ができたら引き取るという話に落ち着きかけた。

「ところが、佐賀夫妻が事情聴取のために訪れた警察署で、支援者が現われたんです」

幸子の身の上と佐賀の切羽詰まった事情を知った警察官が同情し、住む家を世話してくれたのだ。自分の実家の離れが空いているから、そこに住めばいいと。

実家は農家で、農作業の手伝いをしてくれるなら、最低限一家三人の食事は保証するし、わずかだが賃金も出すという。

今とは違って昔は役場も色々と規則も緩く、融通が利いたのかもしれない。住む所と賃金をもらえる仕事ができたことで、佐賀夫妻は幸子が退院をするのと同時に引き取ることが出来た。

――善良な人間には、そうやって必ずいいことがあるんだって、感動したのを覚えてる

元警察官はしみじみと、そして何故だか少し悲しげな目をしてそう言った。

河田はその足で佐賀に家を世話したもう一人の元警察官を訪ねた。今はもう定年退職し、悠々自適に暮らしている彼は先の元警察官とは違い、昔を懐かしんで口も滑らかだった。

――離れに住むようになってすぐ、出版社の人が前金持参で山本さんを訪ねてきたよ

まだ世に出る前の本名で佐賀を呼びながら、元警官は記憶を辿った。

――そんな人が何人もやってきて、急に売れっ子になってね。農作業を手伝う時間はなくなるし、

出版社の人間が大勢出入りするようになるしで、うちに迷惑をかけるからって半年ほどで引っ越していったんだけどね。引っ越す時、わざわざお礼を言いに来てくれて、懐中時計をプレゼントしてくれたんだよ

その時計は佐賀の思い出と共に大切にしまってあり、この話を人に話すのも初めてだと言った。何故か、と問うと、

——だってね、自分が貧乏だった時代のことを言いふらされるのは誰だって嫌でしょう？　わたしだって、山本さんが有名な作家先生になると思ってしたことじゃないし、出世した後になって、無名の頃世話したなんて言うのは恩着せがましいですよ。それにわたしはあのかわいそうな子を引き取ると言った山本さんの善良さに感心して、ちょっとだけ自分にできる手助けをしただけだしね

そう言って笑う彼こそまた、善良な人間だった。

幸子がどんな子だったか、彼に尋ねると、離れに引っ越した時に写したという写真を見せてくれた。

「この子が『幸子』です」

元警察官から借りてきた写真を、河田が差し出した。

セピア色の写真には、若き日の佐賀夫妻と五歳くらいの女の子が写っている。写真の裏には『山本さん夫婦と娘の幸子ちゃん』と写真を撮った四十五年前の日付が書かれていた。

3

「年齢はさておき、歴代の家庭教師が担当した子供はいずれも女の子で、名前はさちこ。どうです。津田さんが家庭教師をしているのも、この子なんでしょう？」

「……違います」

「佐賀先生の家にいたのは、初めからこの子一人なんですよ。俺の姉さんが子守りしてたのも、インドへ行ってしまった人が家庭教師をしていたのも同じ女の子——この幸子という子だったんです」

「違う！　よく似ているけど、さっちゃんのはずがない！」

この『幸子』は多分亡くなったのだ。佐賀はそれを悲しんで『幸子』によく似た子供を捜し、何人かを引き取って育てた。そうに決まってる。

「違わないね」

それまで黙っていたトキが、重い口を開いてため息をついた。

「あんたは本当は分かってるはずだ」

トキは子供に言って聞かせるような口調で続けた。

「あの子は、両親の無理心中の場面を目の当たりにしたショックで、この世の一切を強く否定してしまったんだよ。その反動でより強い『想念』が生まれた。仲のいい優しい両親に守られ、豊かに、いつまでも子供のままで甘えていたい、という『想念』が」

「それで四十五年間もろくに成長せず生きてきた、と？　馬鹿な！　そんな夢物語、現実にある訳ない！」

「なら、現実って何だい？」

トキが鋭い目を向ける。

「現実って何なのか、言ってみな」

面と向かって問われ返事に窮する卓也を助けて、河田が横から答えた。

「それは読んで字の如く、現にある事実でしょう」

トキは攻撃の矛先を河田に変える。

「そう言うなら、あんた、相原和典（あいはらかずのり）って男を知ってるかい？」

「この国の現首相、ですよね」

「今現在生きている人間かい？」

「当たり前ですよ」

河田が頷くとトキは更に問う。

「あんた、会って話したことはあるかい？」

「いいえ。相手は大物政治家ですよ。俺みたいな三流雑誌の記者なんかのインタビューなんて受けてくれませんよ」

「じゃ、『ミルちゃん』は知ってるかい？」

「朝の連ドラの主人公の？　最近視聴率ナンバーワンの数字を取ったあの『ミルちゃん』でしょ？知ってますよ。今大した人気じゃないですか」

「『ミルちゃん』に会ったことは?」

「あの女優には、彼女が新人の頃、どこかのスタジオですれ違ったことはありますけど、取材したことはないですね」

違う、とトキは短く切り捨てた。

「『ミルちゃん』に、と聞いてるんだよ」

河田はトキの顔を暫し見つめ、何かを悟ったように「会ったことはない」と答えた。

「『ミルちゃん』は実在の人物かね?」

問われて河田は首を振る。

「じゃあ、もう一つ聞く。相原和典もミルちゃんも会ったことないのに、どうして相原和典の方は実在してると言えるんだね」

「だって、『ミルちゃん』はドラマの役柄の、架空の人物じゃないですか」

あのドラマは、不器用だが明るく前向きで一途な性格の少女が、マラソンで金メダリストになる物語だ。話のモデルになった女性はいるが、全てフィクションである。

「あんたがそう思い込んでいるだけじゃないのかい?」

河田は眉をひそめて、トキを見た。

「そんな馬鹿な。誰か他の人にも聞いてみたらいい。みんな同じこと言いますよ」

「おや、あんたはあたしに、自分はジャーナリストとして自分の目と耳で確認したことしか信じない、なんてご立派なこと言ったくせに、『みんな』なんてどこの誰とも知れない人間の言うことを真実だって言うのかね」

「いや、そ、そんなのは詭弁だ」

河田の目は反論する言葉を捜して泳ぐ。

「しかも多数決で現実が決まるような言いぐさじゃないか。聞いた人間が全部、偶然あんたと同じ思い込みをしている者かもしれないのに」

トキは執拗に河田を攻撃する。

「嫌いなものほどよく見えるってこと、あるだろう。蛇が嫌いな人間は他人より先に見つけて大騒ぎするが、さほど嫌いでない人間はすぐ傍にいても気づかないこともある。だったらその逆もあるんじゃないか？　つまり、自分に都合の悪い事柄は無視する。さっきの話で言えば、あんたは相原和典は実在でミルちゃんは架空と思わせてくれる情報以外、無意識に排除しているかもしれないんだ」

「あり得ない。そんなこと」

強く首を振る河田をトキは鼻で笑った。

「それじゃ聞くが、あんたは地球はどんな形か聞かれたら、おそらく丸いって答えるだろう。でも世の中には未だ地球は平面と信じて疑わない者もいる。そいつらにあんたはどうやって地球は丸いと説明する？」

「い、今の時代、科学的な検証ができているから、それを元に話を」

河田が反論を試みたが、

「その科学的検証ってのの全部、勿論あんた自身が間違いないか確かめたんだね？　自分で確かめない限り信じないいんだろう？　それほど科学方面に精通してるなら、記者なんてやってる場合じゃないよ。大学の研究室かＮＡＳＡに転職するべきだね」

自分の主張を逆手に取られて言い負かされた。

「あんたは地球が球形だと認知してる。自分が宇宙から見た訳でもないのに、何故だね。学校でそう習ったからかい？　それとも写真で見たからかい？　どっちにしろ、あんたはそう『信じている』。その方があんたを取り巻く様々なものと折り合いがつけやすい。都合がいいんだ」

トキは険のある目で河田をひたりと睨みつける。

「他人の言うことなんて鵜呑みにしないって格好つけて、あんたがいくら自分を現実主義だと言い張ったところで、結局あんたは無意識の内に、自分の都合のいいように情報を選んでるんだ。選んだ情報で現実を認識しているんだよ」

トキの言うことはある意味正しい。この世の現象全てを自分で検証できる人間はいないのだから、突き詰めれば真の現実主義者は存在しないのだ。

「現実ってのは、『情報』を受け入れ、実感することだ。だから同じ場面に立っても、人によって現実は異なる。それは個人によって受け入れようとする『情報』が違うからさ。津田さんにとってあたしは因業な大家のババアだが、河田さんにとっちゃ貴重な話をしてくれるいい婆さんだろ？　あたしはあたし、誰に対してもあたしなのに、相対する人間によってあたしという人間は全然違う人物になってしまうんだ」

そう、真実は一つとは限らない。

真理とは闇の中に浮かぶ多面体だと卓也は思っている。

自己の常識など、そのわずか一面しか照らせない貧弱な灯り。その貧灯で見えるただ一面だけを見て全てを把握した気になるのは傲慢過ぎる。視界に映らないから無とは限らない。三日月の実体が球形であるように、隠れた部分にこそ真実がある場合もあるのだ。

視点と意識を変えなければ、新たな事実は永遠に見えない。河田は自負する現実主義を一度手放してから考えるべきだろう。が、人間はそう易々と今まで自分を支えてきた思考の柱からは離れられない。

やはり河田も自分の主義に思考を縛られ、言い返す言葉も見つからず、ただトキの顔を見ていた。

「……現実なんて、実は曖昧なものなのさ」

あの子の『想念』は、その『情報』に強く作用する、とトキは、何故か悲しげな顔をした。

「あの子の『想念』は元々邪悪なものじゃない。けれど発生した背景が酷く暗いためか、近づくとその人間が抱える心の闇を呼び覚ましてしまうんだよ。その上、あの子には心の幻影を具現化して見せる力がある」

卓也は、ハッと思い当たる。

それでなのか。思い出したくない過去のリアルな幻覚を頻繁に見たのは。面接に行った日に玄関で見た魚や部屋の中で追い回した蝶など、立体映像と言われたあれら全ては人工的な映像なんかではなく、自分の心の投影だったのだ。

もしかして今までの家庭教師がすぐに辞めてしまったのは、卓也と同じように幻覚を見て不安になり、神経が耐えられなくなったからではないだろうか。そして河田が探し当てた六人も幻覚が原因で精神に異常をきたして入院、失踪、自殺。しかし――。

「……そんなこと、信じろっていう方が無理ですよ。個人の自己意識が他人の精神に干渉する、なんて荒唐無稽なこと」

ぼんやりと呟いた卓也に、

「勿論百人が百人、自分の思念で超能力のような現象を起こせる訳はない。でもね、人の心は侮れない。良かれ悪かれ、純なるものは時に信じられない現象を起こすこともある」

「いや、でも」

トキはため息と共に言葉を続けた。

「それじゃあ、幸子が親の心中事件の後保護されて入院した病院で、担当になった看護婦があたしだったって言ったら、信じるかい？」

「まさか！」

卓也と河田は同時に叫んだ。

「本当の話だよ。人生の中で深く関わる人間には、何かしら因縁めいたものがあることが多いんだ。大抵は当人同士は知らないし、気づかない」

分かって初めてその縁の不思議さに驚くものなのだとトキは言う。

「あたしが看護婦を辞めたのは幸子の世話をしてからだと言えば、理由のおおよその察しもつくだろう。あたしは海へ身投げしようとしたところを近くの寺の住職に助けられて、その方の勧めで恐山へ行った。そこで紹介された人の世話になりながら、世俗との係わりを最小限にして、事ある毎に死の方へ走り出しそうになる自分の心を落ち着かせていった。世間の暮らしに戻れるまで二十年以上もかかったよ。あの子の『想念』がどれほどあたしを歪めたか分かるだろう」

トキは長年恐山で暮らしたせいか、人に見えないものが見えるようになったという。

「だから津田さんを取り巻いているものが一目で分かった。あの『想念』だと」

エアコンも扇風機もない部屋の、ねっとりとした暑さにまとわり着かれ、卓也は無意識に汗を拭う。

トキが語る話以前に、暑さで頭がおかしくなりそうだった。河田もトキも平気なのだろうかと二人に目を向けた時、一つの事実に思い至った。

おかしくなった者ばかりじゃない。幸子と普通に接している者もいる。佐賀夫妻は幸子と暮らしているし、『佐賀番』の面々だって今もちゃんと社会生活を送りながらあの家に出入りしている。

混乱していた頭が、再び秩序を持って働き始めた。

大体、心の幻影の具現化とか想念とか、そんな得体の知れないものが、平凡な自分の身のまわりにある訳がない。ホラー小説じゃあるまいし、そんな不思議な話が普通に暮らす自分の身辺にごろごろあってたまるものか。

そうか。河田が自分をここへ連れてきたのは、トキに非現実的な話をさせて精神的動揺を誘い、その隙をついて佐賀の私生活をしゃべらせようという魂胆だったのだ。彼は自分で告白していたじゃないか。搦め手は得意だ、と。

ここまで手の込んだことをするところを見ると、クビになった話も芝居の一つだろう。同情までして、すっかり引っかかるところだった。ただ、脚本が少しまずかった。けれど、不思議と腹は立たない。彼はたいした役者だったし、演出も見事だった。ただ、脚本が少しまずかった。幸子がまるで妖怪めいた存在であるという設定は面白かったが、トキが過去に幸子と縁があったとしたのはやり過ぎだった。人の心を混乱させたいなら、衝撃は『大きな事柄で一度』の方が効果的だ。あり得ないことが二度続くとかえって創作疑念が湧いて、冷静になってしまう。

そこまで考えられなかったのが、彼の敗因だ。しかし、これはこれで十分楽しませてもらった。

「……僕、戻ります」

卓也は仄かに笑って立ち上がった。

「面白い話だけれど、僕にはやはり信じられない。仮にその話が本当だとしても、僕が必ずおかしくなるという訳でもないでしょう。だって、佐賀先生たちは普通に暮らしているじゃないですか」

卓也は軽く頭を下げると、部屋を出た。トキの家を出た途端、周りの空気がわずかに重くなった気がしたが、どうでもよかった。

4

追いかけようとする河田を、トキがため息をついて止めた。

「無駄だよ。今度こそ放っておきな。何を言ってももう津田さんの耳には届かない。あの頃のあたしと同じ、いや、それ以上だ」

河田は青ざめて玄関とトキとを見比べる。

「じゃあ、津田さんも」

命の心配はない、とトキは断言した。

「ただ、津田さんに会えるのはこれきりになるだろう。あんたが会おうとどんなに努力しても、歴代の家庭教師たちに会えなかったのと同じだ。津田さんは幸子の『想念』と波長が合うんだろう。佐賀って作家のようにね。だけどあんたはそうじゃない。関わるのはよしな。姉さんの自殺の真相なんて、今更知って何になるんだい」

「……どうしてそれを」

顔色をなくした河田に、トキは強く言い捨てた。

「世の中には知らない方がいいことなんて、山ほどあるんだ」

しばらくの間河田は呆然とトキを見つめていたが、やがてきっぱり笑った。

「いや、やっぱり俺、津田さんを追いかけます。姉さんのことは別にしても、ここまで関わって結末を見ないままじゃ後悔しそうだ」

「どんな終わりでも、かい？」

「ええ」

トキはふいっと視線を逸らせ、投げやりに言った。

「そうかい。じゃ、好きにすればいいさ」

「色々ありがとうございました」

河田は深々とトキに頭を下げて出ていきかけ、また戻ってきた。

「――何だい？」

「深く関り合う人間の間には本人が知らない縁があるって言いましたよね」

「ある場合が多い、と言っただろ。皆が皆ある訳じゃない」

「津田さんとトキさんはあったのは分かったけど、トキさんと俺はある？」

「ないよ。本来なら、あんたにとってあたしは何の因果もなくて、単に取材先で会った一人に過ぎないはずだった。それが津田さんとの縁に引っ張られたせいで、なりゆきで深く関わってしまっただけだ」

トキの言葉に河田は眉根を寄せた。

「じゃあ、トキさんは俺と津田さんの縁が分かってるんですね？」

「……ああ。思いのこもった物に縁は宿る。持ってりゃ、縁は強まるものだ」

「そこまで分かっていて黙っててくれたんですか」

「それはあたしが言うべきことではないからさ。種明かしはあんたの仕事だ」

河田はくしゃりと笑い、もう一度深く一礼して出ていった。

二人が出ていった部屋で、これは自分のせいだとトキはため息をついた。

息苦しく感じる室内から視線だけでも逃がそうと窓の外を眺めながら、手近にある広告紙を手繰り寄せる。頭の中では色々と思考を巡らせ、手は無意識に広告紙を折っていく手遊びをしていた。

一年前に津田がアパートに入居して来て、初日に挨拶したきり全く交流はなかった。姿を見かけることすら稀だった。それが、家賃を滞納したことで請求に行き、強い接点を持ってしまった。彼が幸子と出会ったのはその後だ。自分と幸子の縁が、津田を幸子のところへ向かわせてしまったのだ。

――お前の精神に影響を与えて人生まで曲げてしまったその子の念は、とてつもなく強い。お前とその子の縁は、ここにいる間に薄れはしたが、なくなった訳ではない。その子がお前から与えられたものを忘れてしまわない限り、完全には縁が切れないのだ。再びその子に呼ばれないよう気をつけるのだよ

恐山を去る時、師匠であった女性にそう忠告された。

――その薄い縁でも、お前の周りにいる人間が引っかかり、お前の代わりに呼ばれるかもしれない。その時はできるだけその者を助けておやり。それがお前にとってこの世で積む徳になる。でも、手に負えないと少しでも感じたら迷わず手を引くんだよ。そうでないとお前の身が危ない、と強く言い聞かされた。

しかし、今まで幸子と縁ができる知人や店子はいなかった。津田より遥かに密な付き合いがある人間が何人もいるというのに、何故彼が呼ばれてしまったのか。

もしかしたら他の人間にはないものが彼にはあって、それが幸子と縁付く元になったのではないだろうか。だったらこれは個々が持つ性格や思考や環境が複雑に絡み合った末の、所謂、運命と言うべきことなのか。

両親の心中の後、入院した幸子を毎日見舞いに訪れたあの隣家の夫婦者と同じだ、とトキは思った。

身寄りのない幸子をあの夫婦が引き取ることになったと聞いた。あの夫婦も幸子に取り込まれたのだろう。

——でも、あたしは身の回りに起き始めた異変に脅かされて疲弊していったというのに、夫婦にはおかしな変化はなかった。それどころか幸子が退院する頃には、すっかり幸子の親のようだった。あたしより、より深く幸子に取り込まれた、いや、あの夫婦は自ら近づいて行ったのだろう。もしかしたら津田さんもそうなのかもしれない
思い返しながらトキは諦念の表情を浮かべ、吐息を漏らした。

それならば、たかが人間の自分ではどうしようもない。大河の流れは板一枚では堰き止められないのと同じだ。

河田と津田の縁が『見え』ているトキは、暗澹たる思いに沈む。

「あの子たち……あのまま縁が切れてしまっていればよかったものを」

薄い縁なら切れれば二度とつながらない。

けれど、あの二人の縁はお互いを呼び合ったのだ——不幸にも。その終焉に向けて。

ふと手元を見ると広告紙は『カエル』になっていた。

無意識にできたものがこれ、か。

「人が何とかできる範疇ではないものは、考えるのも無駄、かねえ……」

折り紙のカエル。その尻を指で押さえて、離すと、カエルはぴょこりと跳ぶ。

これを初めて見た幸子がとても喜んだことを思い出す。

——その喜びこそ、あたしがあの子に与えてしまったものだ

トキはため息をつき、今日はため息ばかりついてる、と思いながらもまたため息をついた。

5

駅へ向かう途中、卓也は車の河田に追いつかれ、佐賀の家まで送ると言われた。

「結構です」

冷たく断って歩き出す卓也に、河田は人のいい笑顔を見せる。

「取材はもうしませんよ。クビになったんだから無意味だ。本当に佐賀先生の家まで送るだけです。連れ出した責任があるのでね」

どうぞ、と車のドアを開けられ、卓也は少し考え、乗り込んだ。

「僕を佐賀先生の家まで送ってくれるなら、佐賀先生に僕を騙して連れ出したことをきちんと説明してくれますよね？」

「勿論です」

「それから、私道の監視カメラは全部撤去してください」

佐賀先生には言いませんから、と言う卓也の言葉に被せて、

「カメラはもう全て引き上げました」

河田は神妙に答えた。佐賀の私生活の取材も、幸子の身元が判明してから止めたと言う。

この期に及んでもまだそんな三文芝居を続けるのかと卓也は呆れて、

「それが本当なら、佐賀先生に雇われてる僕としてはありがたい話ですが、一体どうしてですか。その時はまだ会社をクビになってはいないですよね？」

彼の芝居の脚本の穴を突こうとした。が、

「本気で……この取材は本当にヤバいと思ったんです」

「ヤバい？　何が？」

「このまま取材を続けたら、高須賀さんの次に死ぬのは俺だと思ったんですよ」

卓也から高須賀の自殺原因の調査依頼を受けてすぐ、佐賀の家の私道に仕掛けている監視カメラの中で一番佐賀邸の門に近いカメラの映像を見てみた。カメラを仕掛けた初期は毎日見ていたが取

材に忙しいこともあって、最近では数日分まとめて見るようになっていた。

高須賀が自殺した日の昼過ぎ、タクシーが一台佐賀邸に向けて走っていき、ほどなく折り返してきた。行きはバックシートに女性らしい客が一人、帰りは空だった。生憎佐賀邸の門そのものを捉えてはいないカメラだったが、早送りで画面を進めると、約二時間後、高須賀らしい女性が覚束ない足取りで坂を下ってきて、私道から外れて森の中へ歩いていく姿を捉えていた。

その直後、カメラの画面が乱れてノイズのようなものが走り、高須賀の姿が見えなくなった。映像は良くなかったが卓也の依頼に関係あるところは確認できたし、佐賀がデビュー直前まで住んでいた長屋があった場所をようやく特定できたので取材に行く予定があったため、特に気にしなかった。

長屋があった場所の周辺で取材して、その長屋が取り壊される少し前に一家心中事件があったことを知り、詳しい話を聞こうと最寄りの警察署に行った。そして糸を手繰るように取材を進め、幸子の身元を知った。

およそ常識では考えられない彼女の正体。とても信じられたものではなく、自分の目で見たものは信じるという信念を護るためにも、認め難い奇怪さを覆す現実的な理屈を通したかった。

それで考えたのは高須賀の死だ。あれは幸子が実際に高須賀を森に誘い込み、何らかの方法で直接手を下した上で自死に見せかけたのではないか？

幸子が年端もいかない少女だとしても、不老の少女が引き起こした超常現象なんて話よりはまだ信じるに足りる気がする。

現実との折り合いがつく手がかりを求めて、河田はもう一度高須賀が死んだ日の全てのカメラ映像を見返した。すると、

「同じようなノイズが全カメラに映ってたんです。それも同時刻に」

さすがに気味が悪かった。しかしそれ以上に好奇心が湧いた。

「初見では気づかなかったんですが……」

画面に現われたノイズに何かが映っている気がして、スロー再生すると、

「一瞬ですけど、ノイズの中に……人の片目が映ってたんです」

それは子供の目に見えた。目には怒りの色が見て取れた。

怒っている。この目の人間は、カメラで見ている人間へ怒りを向けている。

つまり、自分に。

事ここに至り、幸子の素性を信じざるを得なくなった河田は、同時に悟った。

これは警告だ。これ以上踏み込めば、次は——。

「それで怖くなって止めた、と？　家に銃弾を撃ち込んでくるような無法者相手でも取材しようとしていたあなたが？」

「津田さんが思ってるほど、俺は命知らずじゃないですよ。自分の命と引き替えにしていいネタなんて、少なくとも俺にはありません。取材は引き際も大事ですけど、今回は出版社をクビになったんで、どのみち取材はここで終了です。フリージャーナリストとして他の出版社にこれを企画とし

て持ち込んだとしても多分どこも相手にしてくれないでしょうしね」

大学時代の同級生が故郷の山陰の方でミニコミ誌を作っているので、雇ってもらえないか聞いてみて、もし雇ってもらえたらすぐにでもそっちへ引っ越すつもりだと言う。

河田の話はどこまでが本当なのかは分からない。分からないが、卓也はトキに突拍子もない話を聞かされたせいか酷く疲れていて、これ以上考えるのが億劫だった。

「すいません。ちょっと体調が良くないので、寝させてもらっていいですか」

車に乗せてもらったのは正解だったかもしれない。電車で戻ろうとしていたら、途中のどこかで倒れていただろう。シートに深く身体を預けて目を閉じると、ふと、河田が佐賀邸を出た後で言っていた『奇縁』とは何だったのか疑問が浮かんだが、

「ええ、どうぞ。佐賀先生の家の近くまで来たら起こし――」

河田の言葉を最後まで聞けないほど急激に、卓也は眠りに落ちていった。

6

夢も見ないほど深く眠り込んでいた卓也が河田に起こされたのは、バスの終点を通り過ぎた辺りだった。

午前中の天気とうって変わって、雨の前触れか黒い雲が空を覆い始めていた。

「何か、雨が降りそうですね」

そのせいか、佐賀の私道に入ると、森の中は夕暮れのように暗かった。

おかしなことに、どこまで走っても例の侵入者をあからさまに拒否する塀と門に行き当たらなかった。

運転する河田も周りを見回しながら首を傾げる。

「道、間違えたってことはないですよねえ」

あり得ない。ここは一本道だ。

「森へ入って結構走りましたよね。こんなに遠いはずないのに」

前にも感じた不安。歩いても歩いても似たような景色が続く森に、出口はあるのか、と。

この森を初めて通ったあの頃より、木々の緑は一層深く、濃い。

卓也の視線が、見慣れたはずの森の中に異物を捉えて止まる。

「——停めて！」

黙り込んだままだった卓也がいきなり叫んだため、河田は驚いてブレーキを踏んだ。

「何ですか！」

「あれは……」

呟いて、卓也は車を降りる。

「津田さん？　どうしたんですか？」

問いかけに答えるのも煩わしかった。見たものに向かって、卓也はただ歩く。

「津田さん、どこへ行くんですか！　待って！」

河田の声を背中で聞きながら、卓也の足は引き寄せられるように森の奥へと動いた。

目の前の風景に足が止まった。

こんもりした小山の傾斜面に苔むした石の階段。卓也には見覚えがあった。

「何故……だ？　これ、あの神社の石段じゃ……」

呆然と呟く声が聞こえ、振り返ると、河田が戸惑っているように首を振っていた。

「河田さんも知っているんですか？」

卓也の問いかけを無視して、河田は呆然と石段を見ている。もう一度問いかけたが河田の返答はなく、卓也は石段を見ながら独り言のように話した。

「これ、僕が小さい頃住んでいた近くの神社の石段にそっくりなんです。僕が近頃よく見る夢に、ここが出てくるんです。目が覚めると忘れてしまっていたんですが、今はっきり思い出しました。……うん、間違いなくここです」

訳も分からず佇む二人の横を、小さな男の子が通り抜けた。

「――な」

大きめの、ジャイアンツの帽子を被った五歳くらいの子供だった。帽子の後ろにつけたニコニコマークの缶バッジを揺らしながら、少し危なげな足取りで石段を上がっていく。

「あの帽子！」

卓也と河田は同時に声を上げた。

「僕だ」

「タク、か？」


え、と卓也は河田の方を振り返る。

「何であの帽子を被った僕を『タク』と？」

幼い頃、卓也を『タク』と呼んでくれた者はただ一人しか記憶にない。

「……あの帽子は……俺が『タク』にやったものだから……」

そう、あの帽子をくれた少し年上の少年だけが、卓也をタクと呼んでいた。

え、え、と卓也は混乱しつつも、河田に問う。

「ま、まさか、河田さんが『シンジ兄ちゃん』？」

河田は居心地悪そうに視線を卓也から逸らせ、頷いた。

「嘘だ……名前が違うじゃないですか。河田さんの名は確か……『俊一』でしたよね。『シンジ』じゃない」

あの神社に来て遊ぶ子たちはみんな、彼をシンジと呼んでいた。それに倣って卓也も『シンジ兄ちゃん』と呼んでいたのだ。

「シンジ、は名前じゃなくて苗字の方だったんですよ。新しいの『新』と通路の『路』で、新路（しんじ）俊一です。河田姓になったのは、父が病死した後何年かして母が再婚して、義父と養子縁組したからです」

しかしそれが本当だとしても、卓也の記憶にあるシンジ兄ちゃんと今の彼が全く結びつかない。シンジ兄ちゃんはスポーツ刈りの短髪で、楽しい時は大口を開けて笑う快活な少年だった。彼が成長して、パーマをかけたような癖毛で、斜に構えてものを見るような、時々陰のある目をする青年になると誰が想像できるだろうか。

「元々俺は癖毛で手入れが面倒だったんで、中学生くらいまではずっと短髪でした。高校生になってしゃれっ気が出て長めの髪型にしたら仲間受けが良かったんで、それからはずっとこんな感じです。特徴があると人に覚えてもらいやすいんで、記者としては得なんですよ」

笑顔であってもふとした瞬間に見え隠れする陰りは、もしかしたら彼の姉の自殺がもたらしたものかもしれない。

それにしても奇跡のような邂逅に、河田は落ち着きすぎているような気がした。卓也が本当にタクなのか、問おうともしないのは——。

「……河田さん、もしかして、僕がタクだって知ってたんじゃないですか」

卓也の問いに、河田は俯きながら答えた。

「ええ……知ってました」

「いつから？　最初に会った時から知ってたんですか？」

「いいえ。津田さんを最初に呼び出した時ジャイアンツの帽子の話を聞いて、それが甲府でのことだと分かって、ひょっとして津田さんはタクなんじゃないかと調べ直して、最近知りました」

佐賀がずっと家庭教師の募集をしているのは分かっていたので、食料品などの配達員と編集者以外はアルバイトの応募者と当たりを付けていた。

監視カメラの映像から行きは徒歩で帰りは車という人物を見つけ、採用された人間だと判断して彼に近づくため身元調査を始めた。

わずかな手がかりと人には言えない方法で名前と住まいを調べ上げ、何か彼の弱みになるものに引っかからないかとインターネットで名前を検索してみると、高校時代に全国学生文芸コンクールの小説部門で優秀賞を取っていたと分かり、そこから通っていた高校、進学した大学、そして当時の交際相手の高須賀真知子に辿り着いた。

この情報を得たことで、卓也に佐賀の取材協力を求めるためのいい切り札が手に入ったと考え、卓也の高校時代以前については調べなかった。

「奇縁、と言ったのはこのことだったんですね……」

彼が一時期甲府にいたと言ったのは、卓也に共感を抱かせるための嘘ではなかったのだ。

確かにこれは予想すらしなかった再会だ。奇縁と言う他ない。

——人生の中で深く関わる人間には、何かしら因縁めいたものがある

トキの言ったことは本当だったと今更ながら納得した。

「何故、言ってくれなかったんですか」

卓也がタクと分かった時点で幼なじみだと明かして、そのよしみで取材に協力して欲しいと言えば良かったのに。

「それは……言いたくなかったんですよ」

昔仲が良かったことを仕事に利用するようなセコい人間だったのかと思われて、卓也が未だに持っているかもしれないシンジ兄ちゃんのいいイメージを壊したくなかった、と河田は俯いたまま笑った。

当時の記憶はさすがに年上の河田の方が正確に持っていた。

彼は小学二年の夏まであの神社の近くに住んでいて、父が病気で亡くなり母の実家に引っ越すまで、毎日あそこで遊んでいた。神社の宮司が子供の好きな人で、境内を危険がないように整備して遊び場に提供してくれていたのだそうだ。周囲に公園などないため、小学生の他にも幼稚園くらいの子も結構いた。

「その中に特別俺に懐いてた年下の子がいました。そいつがタク、つまり津田さんだったんです」

河田は懐かしむような眼差しを卓也に向ける。

「俺には男の兄弟がいなくて、弟が欲しかったからタクを弟のように思っていました。引っ越しする時も、友達よりもタクに会えなくなるのが辛くて、俺を忘れてしまわないようにあの帽子をあげたんです」

当時の河田の宝物だった。

「あの帽子、今でも大事にしまってあります」

卓也が言うと、河田は目を細めて笑った。

7

再会の感激も束の間、卓也たちは再び目の前のあり得ない光景に対峙した。

タクが石段を上がっていく。

「俺たちも上がってみよう」

しかし、卓也は足が動かなかった。

嫌な予感がした。

夢の中でも同じ思いをしたような。この先に何があるのか、実は知っているのに忘れている気がする。

「どうしたんだ？」

卓也が河田をシンジ兄ちゃんだと認識したからか、河田の口調は親しげなものに変わった。

「——怖いんです」

卓也は正直に言った。実際こんなに震えていてはどう言い訳しようもない。

「何が怖いんだ？」

河田は兄のように優しく問う。

「分からない。でも、怖い。本当に怖いんです」

河田は目を細め、上がりかけた石段を降りて卓也の手首を握った。

「それなら、尚更行くんだ。怯えてるだけじゃ恐怖は克服できない。対決して勝つんだ」

手首を握る河田の手は温かく、力強い。

「大丈夫だ。俺がついてる。昔もこうしてここの石段を上がっただろ」

河田に勇気づけられ、卓也は石段を上がっていく。

見上げるとタクは石段を上がりきったところで立ち尽くしていた——が、境内へ向かって走り出した。


石段を上がると、タクは石段と社を結ぶ直線のほぼ真ん中にいた。

社の前にふたつの人影がある。

大人の女性と三歳くらいの女の子。女の子は紅いスカートをはいていた。

二人は社の裏へと歩いていく。タクもその後を追う。当然、河田も。

しかし、卓也の足は止まった。

心底、行きたくなかった。

「嫌だ！」

卓也は河田の手を振り払って、後ずさりする。

「どうしたんだ」

「……嫌だ……この先は嫌だ！」

そう、この先にあることを……僕は……知っている。

何を、と河田が顔をしかめた時、社の裏側から悲鳴が聞こえた。

カラスが……飛び去っていく。

思い出した――全てを思い出した。

「――いいから来い！」

河田が卓也の腕を掴んで走り出す。

卓也は放心状態のまま、彼に引っ張られていった。

8

足の遅いタクを追い越し、河田と卓也は社の裏に回る。

河田はそこで卓也の腕を放した――と言うより、力が抜けたのだ。

さっきの女が、血塗れの幼女を抱いて座り込んでいた。傍には包丁が転がっている。女が子供を刺し殺したのは一目瞭然だった。

女の全身は返り血で紅く染まっている。

しかしそれよりも尚紅い幼女のスカートが視線を吸い寄せる。
女の口から子守唄が流れ出る。
調子外れの上、壊れたレコードのように同じフレーズを繰り返す。唄を聞いて眠る子はもういないのに。
女が、こっちを向いて、笑った。いや、視線は卓也たちを通り越して後ろへ注がれている。後ろにはタクがいた。女には卓也たちは見えないらしい。
悲しげに眉根を寄せて、女はタクに話しかける。
——この子のお父さんねえ、他の女の人とどっかへ行っちゃったの。お家にもうお金もないし、これから二人で天国に行くの
女が子供を抱く手を放し、
——でもこの子、天国に着くまでお友達がいないのは寂しいんだって。だから
足元の包丁をゆっくり拾い上げ、
——この子と一緒に行ってやって
ゆらりと立ち上がった。が、幼女が女にしなだれかかり、歩みを邪魔する。女のスカートのポケットに幼女の親指が引っかかっていた。
——お友達を連れてきてあげるから。ね、放して
息絶えた娘に言い聞かせながら、指を外そうとするがなかなか外れない。血塗れの子供がマリオネットのようにブラブラ揺れた。

――放しなさいって言ってるでしょう！

苛立った女は、なんと子供の指を包丁で切りとばした。

小さな白い指はタクの前に転がった。

河田はその場で吐いた。取材で何度も殺人現場にも行き、腐乱死体さえ見たことのある彼でも、耐えられなかった。人の狂気を目の当たりにすることに。

「……そして……僕は逃げたんだ」

泣くような、笑うような、卓也の声がした。

河田が喘ぎながら口元を拭い、振り返ると、卓也は虚脱状態で座り込んでいた。

卓也の口から、堰が崩壊したように記憶が言葉になって流れ出す。

「逃げた……飛んできたあの子の指を拾って」

「――指をっ？」

驚愕する河田の問いに、卓也は在らぬ方向を向いたままゆっくり頷く。

「だって……爪が……桜貝みたいにきれいで……欲しかったから」

卓也は視点の定まらない目で、笑った。

「おばさんに『返せ』って言われない内に……逃げた」

拾ったんだから僕の物だと笑う。

「逃げる僕に、おばさんが言った」

――あんたが嫌だって言うんなら、次にここへ来た子にするから石段を駆け下り、拾った指を近くの小川で丁寧に洗ってハンカチで包み、ズボンのポケットに押し込んだ時、友達に会った。

――たくや、じんじゃのうらに、ひみつきちつくりにいこうぜ

卓也は断った。そして何も言わなかった。

行くな、とも。

危ない、とも。

「僕は、あいつらならいい、と思ったんだ」

優しかったシンジ兄ちゃんはもういない。

自分にとってシンジ兄ちゃんより大事な人はいないから、他の誰が死のうが傷つこうがどうでもいい。

あのおばさんに殺されるのがシンジ兄ちゃんじゃなければ、誰でもいい。

何も知らず社の裏へ行った彼らは女に切りつけられ、大怪我をした。女は彼らを切りつけた後、喉を掻き切って死んだ。

「あの後すぐ、僕の家も引っ越した。引っ越して……指は……」

ゆっくり、卓也が河田の方を向く。

「……指……どこへやったのかな……」

河田と目が合った途端、卓也はぼろぼろと涙をこぼした。

「……いつかまた、どこかでシンジ兄ちゃんに会えたら、見せようと思ってたのに」

河田は顔色と言葉を失い、呆然と立ち尽くすばかりだった。


頭が痺れ、手足を動かすのも気だるい。

辺りは一面の闇だった。なのに妙に明るく感じるのは何故だろう。

隣にいたはずの河田の姿も見えない。自分のいる場所を確認する気力も時間の観念もなくなった卓也の胸に、トキの言葉が浮かんでくる。

――あの子の『想念』は人の心の闇を呼び覚ます
呼び覚まされた心の闇の、具現。無意識に恐れて深く底に押し込め、蓋をしていた本当の自分。それを第三者の視覚で見てしまった今、卓也にできることは一つしかなかった。

肯定するか。否定するか。

卓也は認めた。

あれは僕だ。紛れもなく、僕の心の最深部に巣くった本性だ。

――なんて優しい人だろうと思ったのよ
違うよ、真知子。君は人を見る目がない。

いや、あったんだな。だから見せかけの優しさに騙されず、本質を見抜いて僕の元を去ったのだろう。

結局、自分を一番知らないのは、自分か。

笑いがこみ上げてくる。忍び笑いだった声が徐々に高まり、周りの闇が卓也の笑い声に共鳴して震えた。

暑さも寒さも感じない真っ暗な空間で、卓也はひたすら笑い続ける。

なんという開放感だろう。恐れるものはもう何一つない。突き詰めた自己肯定は、もしかしたら究極の恐怖克服なのかもしれない。なぜなら朧気だった最後の『記憶』まで卓也は取り戻していたからだ。

笑い過ぎて呼吸が乱れ、咳き込んだ。

咳き込みながら、もしも肯定できなかったら、と考えた時、周りの闇がゆらりと歪んだ。

9

水が滲むように歪んだ闇の中に、白い人影が現れる。

「――姉さん！」

叫び声が間近で聞こえた。

いつの間にか卓也の隣には河田がいて、早世した姉の姿を呆けた顔で凝視していた。

彼女は傍らにいる男の腕にもたれて、幸せそうに笑っていた。至福の笑顔は恋をしている者特有のものだった。男は父親くらいの年齢だったが、どことなく遊び慣れた雰囲気を持っていた。

――それじゃ、奥さんともうすぐ離婚してくれるのね？

えっ、と河田が呻くような声を上げる。

――私と結婚してくれるのね？

――ああ、そうだよ。そのために妻と別れる決心をしたんだから

突然、場面は暗転する。

――そう、私よ！　手紙を出したのも、無言電話をかけてたのも！

さっきの男と向かい合う彼女の顔は涙に濡れ、歪んでいる。

――離婚するって言ったのに、あなたはいつまで経っても話を進めてくれないから！

馬鹿なことを、と男は顔を背ける。

――離婚は……決まりかけてる主任教授の話が確実になってからと思って

――嘘よ！　あなたを主任教授にと推してくれているのは奥さんの父親で、あなたの恩師なんでしょう？　絶対別れる訳ないって美奈子さんが言ってたわ！　美奈子さんって覚えてるわよね？　あなたの推薦で大学院へ進んだ。その時付き合ってて、私に言ったのと同じこと言ったんですってね？　どういうことなのよ！

もうやめよう、と男はため息をつく。

――君には私よりもっと相応しい男性がどこかに……

二人の姿と声が、闇に溶けて消えた。

「……嘘だ……こんなの」

河田が、握った拳を更に強く握る。

「嘘だ！　嘘だ！　嘘だ！　あの姉さんが、不倫なんて薄汚い真似するなんて！」

河田は十二歳の少年の純粋さで、地団駄を踏んで叫ぶ。

「嘘じゃないわ」

背後で幼い声がした。振り返るとガラスの瞳の少女が立っていた。

「この森は人の心の闇を写し取り、忠実に再生して見せる。今のは紛れもない事実」

あどけない顔と声音に不釣合いな大人びた口調でしゃべる幸子は、深夜の佐賀邸の庭で森に行こうとする卓也を引き止めた時と同じに見えた。

声をかけようとした卓也を一瞥することなく、幸子は河田に冷ややかな目を向けていた。

「あなた、志保（しほ）さんの弟ね。目元がよく似てるわ」

河田の姉を知っている――ということは。

「志保さんはここで真の自分の姿を見て、絶望して自殺したの」

幸子の声は冷たく、容赦がなかった。

「見ぬもの清しとはよく言ったものだわ。人は通常、真の意味において自分自身を客観視することはできないから、自分を実物以上の者と思い込むのね。だからこの森で見た自分の実像に耐えられないほどのショックを受けて、志保さんは死を選んだの」

「姉さんを汚れた人間のように言うな！」

河田の怒鳴り声を、幸子は冷笑で受ける。

「そんなつもりはないわ。みんな同じよ。ただ自覚がないだけ。そしてあなたも」

「……俺も？」

「自分がどんな人間か、知るといいわ」

闇に、再び幻影が浮かぶ。

黒の学生服の集団。何人かの男子生徒が、一人の小柄な少年を取り囲んで小突いている。

――だからあ、お前、島谷が好きなんだろ？　今から「好きだ」って言ってこいよ

言われた少年は俯いている。

――多分、島谷も大田のこと好きだと思うぜ

意地悪い視線の先に、小太りの女の子がいた。箸が転んでもおかしい年頃なのに暗く悲しみに沈んでいる様子が、彼女もまた周囲からどんな扱いを受けているかを如実に物語っていた。

――ほらあ、行けよ

誰かが大田の背中を蹴る。

――「好きだ」って抱きついてこいよ

――大田が島谷に抱きついたら、木に止まった蝉みたいだよな

そう言って嘲笑った男子生徒に、卓也は驚きの視線を注ぐ。

――いっそ、抱きついてミーンミーンって鳴いてみな

あの顔と声は。

「……シンジ兄ちゃん？　……あれ、シンジ兄ちゃんだろ？」

卓也の問いかけにも答えず、河田は顔を強張らせ、身体を小刻みに震わせていた。

これは河田の記憶なのだ。

「……やめろ。やめてくれ」

河田の声は怯えを含んでひび割れていた。

――大田君が……昨日の夜、亡くなりました

教壇に立った担任教師が目頭を押さえて言う。

――今から名前を呼ぶ者は、校長室へ来なさい

教室のあちこちで囁かれる声。

——遺書にいじめた奴らの名前、書き残してたらしい
顔色をなくした河田少年の視線は教師の口元へ張り付いている。
名を呼ばれなかった河田は、露骨に安堵の表情を見せた。

彼の小狡そうな笑みが闇に沈むと、代わりに浮かび上がってきたのは、どこかの安アパートの部屋だった。
——どうしようって、堕ろすしかないだろ
二十歳くらいの河田が不機嫌に言葉を投げつけたのは、疲れたように痩せた茶髪の若い女だった。
——あたし、産みたいよ
——産んでどうするんだよ。育てられないだろ
——俊一となら……
——冗談じゃない
河田は吸っていたタバコを乱暴に揉み消した。
——責任取って、大学辞めて結婚してくれって言うのか？　それより、それ本当に俺の子なのかよ。お前が吉岡（よしおか）とも付き合ってるの、俺が知らないと思ってんのか
——酷い！　健吾（けんご）とはそんなんじゃ
どうだかな、と河田はせせら笑う。
——吉岡にも同じこと言ってるんじゃないか？

場面が変わって、今度はどこかの私立中学校だ。
校門の前で、制服の群れの中にいる一人の少女にきつい視線を送る長髪の河田がいる。
——やっぱ、やばいよ。河田
カメラを抱えた男が、迷った顔で言う。
——あの子、何も知らないんだろう？　それに、まだ十三歳の女の子だぜ
——そうさ。事件発覚直前に離婚した母親が、ずっと隠し通してきたんだからな。あの時あの子はまだ二歳だ。覚えてるはずもない
——だったら
——一昨日死刑が執行された稀代の殺人鬼、連続少女強姦殺人犯の娘の独占インタビューだ。心配するな、金一封ものだよ
まだあどけなさが残る少女の顔が涙に歪んでいく。
叫ぶように泣く少女が遠のいて、編集長から手渡された熨斗袋の半分の金を化粧の濃い女に渡す河田の姿と入れ替わる。女は先程の少女の母が離婚する前まで働いていたスナックの同僚だった。
「——頼むからやめてくれえ！」
河田は悲鳴に近い声を上げ、うずくまる。

清いまま死んだと信じていた姉の暗い部分を見せつけられ、自分の愚かな醜さを一遍に突きつけられ、河田は自己崩壊の寸前だった。しかしそんな彼の悲痛な叫びも空しく、尚も幻影は移り変わる。

——届きましたか。そうです、それが先日あなたにお会いしたときにお渡しできなかった、最近の津田さんの写真です。ええ、そう、隠し撮りです。が、これで私が津田さんの取材が目的であると分かっていただけましたか？

誰かと電話中の河田の姿が浮かび上がる。

卓也の隣で怯えるように頭を抱えてうずくまっていた河田がその言葉を聞いて、バネ仕掛けのように勢いよく身体を起こし、必死に叫んだ。

「駄目だ！　やめろ！　それだけは！　それだけは——頼む！　やめてくれ！」

しかし、幻影の中の河田は狡猾そうに笑い、会話を続けた。

——いまや津田さんは、文壇の重鎮である佐賀芳文先生に目をかけられた、注目の新人作家なんです。短編小説の雑誌掲載と単行本の発売も決まっています。すぐに人気作家になること間違いなしです。そうなってからでは忙しくて、中々取材には応じてもらえないでしょう。そうなる前に、なんとかつなぎを取りたいので、元恋人であるあなたにご仲介をお願いしたいんですよ、高須賀さん高須賀——その名を聞いて、卓也は目を見開く。

ではこれは、真知子との電話での会話なのか。

——もちろん謝礼はお支払いします。それに、再度津田さんと交流を持つのは高須賀さんにとっても悪くないんじゃないかと思うんですよ。これまで調査して分かったのですが、津田さんはあなたと別れてから女性との交際がないようなので、今でもあなたのことを想っているんじゃないでしょうか。これをきっかけに、あなたが大作家の後ろ盾を持つ人気作家の妻になる未来も十分にあると思いますよ。新進気鋭の新人作家の妻がこれほどの美人なら、マスコミもほっとかないでしょうね。将来津田さんが何か賞でも取れば、津田さんよりあなたの方が注目されるんじゃありませんか？

真知子の虚栄心をくすぐるような河田の話が続く。

——その時は私のインタビューを受けてくれると嬉しいです

河田の無責任な甘言が、結果的に真知子を佐賀邸へ向かわせたのか。

河田は再び地に突っ伏して、震え唸るばかりだった。

「シンジ兄ちゃん……」

卓也は彼の丸まった背中にそっと手を乗せた。

「触るな！」

河田は乱暴に卓也の手を払いのけた。

「見ただろ！　何もかも！　俺という人間の本性を！　俺はお前に慕ってもらえるような人間じゃないんだ！」

河田は顔を両手で覆い、嗚咽を漏らした。

10

新路俊一は、いつも人の輪の中心にいる少年だった。

運動神経が良く器用で、屈託のない性格の彼は、病弱だが物知りな父と明るく快活な母と優しい姉に愛されて、平凡でも穏やかで幸せな人生を歩んでいた。

しかし父の死が俊一を変えた。

父の死後、甲府から八王子市にある母の実家に引っ越してからは、自分の気持ちを抑えなければならないことが多くなった。

本当は好きな野球をやりたくてクラブに入りたかったが、会費やユニホーム代など金がかかるため、毎日遅くまで懸命に働いて生活を支える母に入りたいとは言えなかった。同居する祖父母は元々両親の結婚に反対だったらしく、病気で亡くなった父の悪口をよく言ったが、反論して祖父母の怒りを買い、母と姉諸共家から追い出されるのを恐れ、黙って聞くしかなかった。

学校も今一つ楽しくなかった。別にクラスで弾かれている訳ではないが、引っ越す前の学校では俊一がクラスの中心にいたのに、ここでは俊一以上によく口の回る面白い奴がいて、一番の人気者にはなれなかった。

人の注目を集めるのが好きな俊一は他の分野で目立とうとしたが、スポーツでも勉強でも俊一より優れている同級生がいる。彼らのその地位は親の経済力が支えている面もあり、裕福ではない俊一が彼らを押しのけてトップに立つのは困難だった。

鬱屈した思いを抱えながらの暮らしの中で、思い出すのはタクだった。

——シンジ兄ちゃん、すごい
ちょっとしたことでも目を輝かせてそう言って、俊一に強烈な優越感をくれた。

あの心地よさを味わいたくてタクと遊んだ日々を繰り返し思い出す内に、俊一はここでの生き方を思いついた。それは、自分が一番の人気者になるのでなく、『人気者の親友』ポジションを取ることだった。

タクは俊一がよく遊んでやるようになると、周りからも俊一の弟分として声をかけてもらえるようになった。一番でなくても人の目は集められる証拠だ。だから、ここでは自分がタクを演じればいい。

それから俊一は人気のある同級生の言動を観察し、彼らが興味があることを見極めると、自分もそれに興味がある風を装って話しかけた。話に食いついてきたら、相手が持つ技量や知識を卑屈に見えないように褒める。褒められて悪い気がする者はいないし、自分の好きな分野の共感者から褒められれば尚嬉しいものだ。

俊一も話が嘘にならないよう最低限の知識や技術は身につけた。付け焼き刃がバレそうになったら相手に質問することで追求をかわしたり、話題を変えたりしてごまかした。

実は俊一の一番の長所は要領の良さだった。ただそれは行動の素早さと他人を見て学べる柔軟さに隠れ、今まで意識することがなかっただけだったのだ。

思惑通り、俊一は各方面で注目されている同級生の『とても仲のいい友人』の座を手に入れ、『その他大勢』から脱却できた。


小五の三学期の終わり頃、母が再婚して、同時に義父が転勤になり、伊勢原市に引っ越した。

高収入の父親ができたことで家の経済は豊かになり、少年野球のクラブにも入れたが、そのクラブはすでにレギュラーがほぼ固定化されていて、今から努力してもそれを覆すことはできなさそうでやる気が萎え、三ヶ月で退会してしまった。

その代わりここでもまたゲームのような感覚で『親友』の座を確保できそうな同級生を物色していたが——ある日、姉が死んだ。

突然の、理由も分からない姉の自死は、頭がおかしくなってしまうのではないかと思ったほど辛かった。

しかし俊一がいくら悲しもうと、この世にいなくなった者を人々が忘れるのは早かった。葬儀で号泣していた姉の友人は、ひと月後には街角で他の友人たちと笑い合っていた。その嘆きようを多くの参列者に同情までされた彼女の悲しみは、もう欠片も感じられなかった。

その姿を見て、俊一は自分がしてきた、誰かの親友として人目を引くための努力がバカらしくなった。人は顔を合わせている間は友人でいるが、会えなくなれば簡単に忘れ去ってしまうのだ。一時期人の注目を集めても、視界に入らなくなれば忘れられてしまうのに、自分を見てもらうための努力など人生の無駄だ。

それからの俊一は他人に期待するのではなく、自分が楽しいと思えることを優先して生きた。雑誌記者を志したのも、肩書きを利用して姉の自殺の真相を調べられるかもしれないと思ったからで、社会正義など考えもしなかった。

大学に進み、自分にできる最大限の努力と使えるコネを全て使って、何とか中堅の出版社の雑誌記者になれた。

自らが立てた企画の仕事——『作家佐賀芳文の謎の私生活』の取材から思ってもみなかった姉の死へのつながりを見出し、もう少しで真実に手が届くかもしれないというところまで迫れたのに、身に覚えのない理由によっての解雇で打ち切りになったのは正直悔しいが、それを補って余りある幸運があった。

もう二度と会えないと思っていたタクに巡り会えたのだ。

佐賀の取材のために呼び出した津田卓也の子供の頃の話がタクと重なり、まさかと思いながらも調べ直して、卓也が間違いなくタクだと分かった。

が、今更自分が『タクのヒーロー』だと名乗れなかった。

タクは姉の友人のようにあっさり俊一を忘れはしなかった。それどころか思い出を宝物のように大事にしてくれていた。自分はタクのことなど忘れてしまっていたのに。

タクにはすでに小狡い大人の自分を見せてしまった。だから、もうこの際『雑誌記者　河田俊一』は、取材方法の強引さから不愉快な人間だと思われてもいい。だが、タクの中にいるシンジ兄ちゃんだけは、汚れのない存在のままであって欲しかった。

弟のようなタクがいて、優しい姉がいて、屈託のない母がいて、病気がちではあったが博識な父がいた日々のシンジ兄ちゃんは、俊一の人生で唯一、無垢な幸せがあった証だから。

何より永遠に『タクのヒーロー』でありたかった。憧れの兄でいたかった。

だから『河田俊一』イコール『シンジ兄ちゃん』として、醜い正体を絶対に見せたくはなかったのに――。


苦悶する河田を見ながらも、卓也の心は凪いでいた。

幸子は近づく人間が抱える心の闇を呼び覚ましてしまい、心の幻影を具現化して見せる力があるとトキは言った。

今河田はその力で自分の闇を見せつけられ、苦しんでいる。自己の闇を目の当たりにして、自己嫌悪に煩悶する河田の方が、きっと人として正しいのだろう。

けれどその境地は卓也には遠い。手を伸ばせば触れられる距離にいるというのに、かつて兄のように慕った彼が悶え苦しんでいるというのに、卓也の心は河田には寄り添えない。

　卓也は何故自分が孤独を好み、他人との親密な付き合いが苦手だったのか、ようやく理解した。自分の異常さを心のどこかで自覚していたからこそ、他人に知られたくないと無意識に人との深い係わり合いを避けていたのだ。

　無自覚だった自分の本性を幸子が自覚させてくれた。

　多分、今の幸子が真の幸子——四十五年前一家心中から生き残り、佐賀夫婦に保護されて生きてきた幸子なのだろう。その真の幸子が姿を現すのは、彼女の『想念』が『情報』に強く作用する時なのかもしれない。

　しかし幸子が見せているのは、相手が持つ自身の心の闇だ。本人が忘れたふりをして生きてきた自分のグロテスクな感情を見せられ、それに押し潰されて精神が崩壊しようが死を選ぼうが、それは幸子の意図したことではない。幸子の希望に適わなかっただけなのではないか——それが卓也の答えだった。

　卓也にすれば、幼い姿に似つかわしい振る舞いをする幸子も、不可思議な力を持つ大人びたもの言いをする幸子も、どちらも幸子だ。「幸せにする」と約束し、「幸せにしてくれる」と約束した幸子だ。

　自ら封印し、それが解け全ての記憶を取り戻してしまった以上、それでも卓也が生き続ける意味は、もうその約束しかないのだ。

「君は自分の闇を肯定し、幸子の存在を祝福してくれるのだね」

聞き慣れた声と共に、ぽつりと雨粒が頬に当たる。それで目が覚めたように、色彩が戻ってきた。

森の中にうずくまる河田と、薄い微笑みを浮かべて座る卓也。

そして二人の目の前には、永遠に大人にならない少女と彼女をいつくしむ老夫婦が立っていた。

第七章

1

緑の森に雨が降る。

永遠に降り続くかと思われるような雨だった。

初めてここを訪れた日も雨——それ以来ずっと降り止んでいないような錯覚を覚えるのは、自分の頭のどこかが壊れてしまったからではないか、と卓也は思う。

「人の心には誰しも闇がある。それに向き合った時、受け入れるにせよ拒絶するにせよ、一度見てしまったらもう以前のようには生きていけない」

佐賀の静かな語り口は、卓也に話しかけているようであり、河田へ言い含めているようでもある。

あるいは自身に言い聞かせているのかもしれなかった。

「行きましょう、先生」

幸子が笑顔で卓也に手を伸べてきた。卓也もまた笑顔で立ち上がり、幸子の手を取ろうとした——

——が、後ろから強く腕を引かれ、よろけて倒れた。

「行くな！　馬鹿野郎！」

河田が卓也の襟首を掴む。幸子は河田を一瞥すると、再び卓也に微笑んだ。

「先生、来て。約束したでしょう？　私を幸せにしてくれるって」

頷いて立ち上がりかけた卓也を引きずり倒して、河田が喚く。

「何故こいつなんだ！」

ここで同じように自分の本性と向き合わせておきながら、何故卓也だけが優しく招かれるのか納得いかない、と河田が叫んだ。

佐賀が哀れむような目を河田に向ける。

「君と津田君では闇の深さが違う。君はそこから這い上がれるだろう」

「タクは……無理だ、と？」

襟首を掴んだ河田の手を柔らかく払い、卓也は笑った。

「シンジ兄ちゃん……」

甦った記憶、封印した過去には更に深い闇があった。

「僕は、嘘つきだ」

「な……に」

「僕は……指を持ってる。ずうっと持ってるんだよ」

河田が、化け物にでも遭ったような顔をして身体を震わせた。

「僕はあの指をお兄ちゃんに見せたかったんだ。またいつかシンジ兄ちゃんに会えたら、僕がどんなにシンジ兄ちゃんが好きだったか——シンジ兄ちゃんじゃなければ誰が殺されても構わないと思ったくらい好きだったと話したくて、その証拠に大事に持っていようと思ったんだ」

流れ出す闇が、河田の表情を侵していく。

「だからその邪魔をしようとする奴は殺した」

「——な」

「指を取り上げようとしたから、母さんを殺したんだよ」

2

指をポケットに入れて、卓也は家へ走って帰った。

本当は帰ってはいけない時間だった。玄関に黒い靴があるから。

——いい？　卓也。玄関に黒い靴がある間はお家に帰ってきては駄目よ。このことをお父さんに話しても駄目。約束を破ったら卓也の大事なもの全部、捨ててしまうからね

それでも、神社の森にいられないなら家に帰るしかなかった。卓也には他に行き場がなかった。

家に帰って玄関の戸をそっと開けると、強く花の香りがした。

下駄箱の上に白百合が何本も活けてあった。今から『黒い靴のお客さん』が来るから、と卓也が外へ出された時にはなかったので、卓也が外出した後で母が活けたのだろう。

黒い靴はまだ玄関にあった。それでも卓也が家に入る方を選んだのは、奥の居間から母の呻くような声が聞こえてきたからだった。

母は身体の具合が悪いのかもしれない、と思った卓也は、玄関を上がり居間まで進むと、襖をほんの少し開けてみた。

部屋の中で、男と女の足が絡み合っていた。女の足は、母の足だった。

襖が開いたのに気づいた母が即座に身を起こし、振り向いた。母と目が合ってしまった卓也は身を翻すと玄関脇にあるL字型の階段を駆け上り、二階の部屋へ逃げた。

母は怒っているだろう。そして約束を破った罰として、卓也の大切なもの全て、捨ててしまうに違いない。おもちゃも本も、シンジ兄ちゃんにもらった帽子も――この指も。

どこかに隠さなくては。

卓也はハンカチに包んだ指を膝に置いて、幼い頭で必死に隠し場所を考えた。

階下で慌ただしく誰かが出ていった音がした。その後すぐ、母が二階に上がってきた。

――卓也！　約束破ったわね！

母の声は、いつもの怒り声とは違い、何か生臭い別の感情が混じっているように感じた。

――約束を破ったらどうするか、言ったわよね

――ごめんなさい！　もうしないから！　ぜったいしないから！

身を縮めて謝る卓也の目の前で、母は部屋の隅に片付けてあったミニカーの入った箱を掴んで廊下へ投げ捨てた。

――おねがい！　すてないで！

卓也は思わず立ち上がった。その拍子にハンカチが膝から落ちた。

怒りに燃え盛っていた母の瞳が、一瞬にして色を失くす。

――卓也……それ……何
ハンカチの包みが解けて、指が見えていた。

母はハンカチごと指を取り上げ、喉の奥が詰まったような声を上げた。

――かえして！　かえしてよ！

母は卓也の存在を忘れたかのように、無言で部屋を出ていく。

捨てられる。あれを捨てられてしまう。

卓也は母を追いかけ、階段を下りようとしていた背中に掴みかかった。

――かえしてよ！　それはぼくのだ！

振り返った母から卓也は無理やり指を奪い返した。

――卓也……どこで、そんなものを
卓也を見返す母は、今まで見たこともない表情を浮かべていた。

――ぼくが、ひろったんだ。だから、ぼくのだ母は、恐怖していたのだ。尋常でないものに執着を見せる息子を。
――お母さんに渡しなさい
異常なものに恐怖しない我が子が、我が子だからこそ、母は怖かったのだ。
――卓也！
母がものすごい剣幕で手を伸ばし、再び指を奪い去ろうとした。
だから。

卓也は母を突き飛ばした。

思い切り。

何の躊躇もなく。


母は声もなく階段を落ち、L字に曲がった階段の途中の壁に激しく頭を打ち付けて、それきり動かなかった。

玄関から漂ってくる白百合の香りの中、開いたままの母の目が卓也を見ていた。卓也から目を逸らさず、見つめていた。

初めて、母が自分を見てくれたような気がした。

「父が帰ってきた時、僕は二階で眠っていた。警察の人に色々聞かれたけど、寝てたから知らない、分からないと答えた」

結果、母の死は卓也が昼寝中に起きた事故として片付けられた。

3

「……僕が記憶を封印してしまったのは、母を殺したのが怖かったからじゃなかったんだ。僕が本当に恐れていたのは、自分の宝を守るためなら他人の命をも顧みない僕、だったんだよ」

宝……と呟いた河田が、卓也に聞く。

「指は……どうした」

「だから、ずっと持ってると言ってるじゃないか」

「どこに」

「ここに」

卓也は右手のひらを腹に当ててみせる。

「——まさか」

「そう——食べたんだよ。僕の身体と一体になれば、もう誰も僕から奪えないだろ?」

流れ出した闇の終点は、もう河田には理解できない領域にあった。

境界の向こうで卓也はこの上なく幸福そうに笑っていた。

「シンジ兄ちゃん、野球カードもくれたよね。あれも全部取ってあるんだ。それに覚えてるかな？　社の縁側でチョロQのレースやったの。シンジ兄ちゃんが持ってた青いの、速かったよね。誰も勝てなかった。それから」

卓也は楽しげに、心底楽しげに河田との思い出を語る。

まるで、それしか楽しかった思い出がないかのように。まさに、宝のように。

「——そんなに」

止め処ない一方的な卓也の思い出話に、河田は割り込み、声を上げる。

「……そんなに、俺と遊んだのは楽しかったか？」

聞かずにはいられなかった。

「人の命と天秤にかけて……それでも俺との思い出を守る方を選ぶほど、価値のあるものだったのか？」

元恋人の自殺の理由の中に自分の薄情さがあって欲しかった、といつか卓也は言った。もしそうなら、自分はそれを背負って苦しみたい、と。今ならその気持ちがよく分かる。卓也が狂ってしまった原因に自分が大きく関わっていたと糾弾されて、苦しみたい。その苦しみは、贖罪だから。

「お前はさっき見たんじゃないのか。俺の本性を。お前が慕っていた『シンジ兄ちゃん』は幻だったと分かったんじゃなかったのか」

問われた卓也はくしゃりと顔を歪ませた。

「シンジ兄ちゃんは永遠に僕の中では変わらないよ。父さんは仕事で忙しくて、母さんはあまり僕に構ってくれなくて……だから、シンジ兄ちゃんに遊んでもらえたのは、本当に嬉しかったんだ」

そして、ゆるゆると首を振った。

「……でも、多分、『シンジ兄ちゃんの思い出』は自分自身への言い訳なんだろう」

ごめんね、と卓也は笑った。

「シンジ兄ちゃんに出会っても出会わなくても、きっと僕は——他人の命なんてどうでもいい僕、だった」

諦めたような、納得したような、笑い方だった。

「僕は、異端なんだ。人が恐れ遠ざけたい物に、魅かれる。人が目を背けたい物にこそ執着するんだ。誰もが欲しがるものなんか、僕はいらない。僕には必要ない」

闇が……深すぎる。

河田は卓也から目を逸らせないまま凍りつき、遥か昔を思い出していた。

あの神社で、他の子供の遊びの輪の中に入って行けず所在なく一人遊んでいた彼。初めて声をかけた時、温柔な笑顔に対する感情と共に別のものも感じた。あの時は明確に言い表せる言葉を知らなかったが、今なら形容できる。

異質——他の誰とも違う存在。

第一印象は外れないという特技は、すでにあの頃から持っていたのか。

「今までの僕は、異端者として社会から追放されないように、殻を被っていたんだろう」

そう、『人畜無害』の殻を。

分厚い殻だ。かつて感じた第一印象を思い出せないほど。

今、殻は砕かれて、彼が思い出の中の子供と同一人物であると直感が告げている。

「シンジ兄ちゃんとはここでお別れだ」

卓也は微笑んで言った。

「今、分かった。シンジ兄ちゃんはここにいるべきじゃない」

佐賀も深く頷いた。

「君は、日の当たる道へ戻りなさい。志保さんはできなかったけれど、君なら」

「姉さんは……どうして……」

「志保さんは、自分の幸せのためなら他人を不幸にしても構わないという自己の闇を直視して、否定も肯定もできなかったんだ。もし己の醜さを受け入れることができていれば、志保さんは幸子の次の母親になっていただろう」

「は……母親？」

「私たちは家庭教師を求めていたのではない。私たちの亡き後、幸子と暮らしてくれる者を求めていたのだよ」

佐賀はあどけない瞳で笑いかけてくる愛娘に微笑み返し、更に言葉をつなぐ。

「幸子の世界に住み、幸子の幸せを守ってくれる人間をね」

「幸子の……世界？　さすが文壇の大家、比喩が文学的だ。ようするに、自分たちは老い先短い身だから、その何故か大きくならない嬢ちゃんの世話をタクに押し付けようって言うんだろう？」

目を吊り上げ、挑発的に河田は叫ぶ。今までの彼の常識に当てはまる何かを掴み、それを頼りに自分を取り戻そうとしているようだった。

しかし佐賀はゆっくりと首を振った。

「比喩？　いいや、譬えなんかではないよ。言葉そのままの意味だ」

「……そんなふうに言うと、まるで本当に『幸子の世界』ってのがあるように聞こえる」

「そう、あるのだ。そもそも世界とは人の数だけ、各自独立してあるものなのだよ。だからそれぞれの世界で常識や価値観が全く異なる。だが他人の世界と関わりを持つと、その時点でお互いの世界との違和感が生じないよう、意識が辻褄合わせをする。それを『性格』とか『文化』などという都合のいい言葉に置き換えてね」

「それはメンタルな面での世界だろう！　俺が言うのは」

「世界とは地理ではない。自分の視線と意識と感覚が届く範囲を言うのだ。場所がどこであろうと、中心はあくまでも自分自身――全ては認識の問題なのだよ。世界が一つと言うのなら、ボスニアの内乱でどれほど君の生活が変わった？　北アメリカの工場火災で、君の人生は劇的に変化したかね？　自分と関わりのない者が何万人死のうと、親しい人間一人の死ほどの衝撃はあるまい。関わりのない他人の世界など絵画の風景と同じだからだ。世界とは自分の領域と他人の領域が関わった点で触れているだけの、譬えるなら葡萄の実のようなものなのだ」

「……葡萄の……実……」

自分の常識では理解し難いだろう佐賀の言葉を、河田は必死に理解しようとしていた。ジャーナリストとしての性なのか、持って生まれた粘り強い性格故なのか、わずかに残った思考力をフルに活動させ、河田は話を理解しようとしていた。

だが卓也は理解しようとはしなかった。ただ、盲信するだけだった。何も反論せず、全てをそのまま疑問なく受け入れる。その方が理解するより遥かに容易い。

「君の世界では、君の認識が君の現実を決める。たとえ他人には生々しい現実でも、君自身が認識しないものは君にとっての現実とはならない。君は私を『作家　佐賀芳文』としてなら実感できるだろうが、ただの人間『山本正太郎』として実感できるかね？　私を『佐賀芳文』として関わった君には『山本正太郎』は架空の人物――実在しない者だ。私は確かにここにいるというのに」

目の前の男は実在にして架空――どこかで似たような話を聞いた。

そうだ。トキが言っていた譬え話だ。

相原和典とミルちゃん。どちらにも会ったことがないのに、何故相原和典は実在していると言えるのか。それは、相原和典が実在でミルちゃんが架空と思わせる情報を選んで『認識』しているから。

「分かるかね？　『現実』も『架空』も全人類共通の恒常性はないのだよ。君がダーウィンの進化論を支持しようとも、敬虔なキリスト教徒には人間は神が創りたもうたもの。それが彼らには『現実』なのだ。それと同じに、君には『幸子の世界』が信じられなくても、私には疑いもなく存在する」

佐賀はそこで言葉を切り、傍らにいる幸子の頭を愛おしそうに撫でた。

「幸子の世界に関わろうとする者は、この精神の闇の森を超えて行ける者でなければならない。この森を超えられる――己の真の姿をそのまま受け入れられる者だけが、幸子の世界の現実に触れることができるのだよ。しかし、この森は幸子の世界と接点を結ぼうとする者の心の闇を揺り起こし、具現化して見せてしまう。そして、自分の心の闇を見てしまった者は、見た分だけ自己の世界を失う」

「自己の世界を失う……とは」

瞳から知性の光が消えかけた河田が、呟くように問う。

「君の常識や思考が受け入れられる場所がなくなっていくと言えば分かるだろうか。時間の観念が他人と異なり、誰に何を語っても少しも伝わらない。他人のどんな考えに対しても共感できない。果ては自分自身に自信が持てない――行き着くところは永遠の孤独だ」

「そ……んな」

「今ならまだ君は引き返せる。君は自我が強い人間だ。君の世界は壊れかけてはいるが、森を出れば自分の世界を再構築できるだろう。だから言うのだ。日の当たる道へ戻れ、と。ここには君の世界の太陽は照らない」

「だけど……タクは」

「津田君はもはや幸子の世界の住人として生きていくしかない」

「住人……?」

「そう。彼の世界はすでにほとんど失われている。このまま戻っても孤独の苦しみに苛まれるだけだ。だが、ここに残れば自己の世界は完全に消滅してしまっても、幸子の世界を通してなら他人の世界との関わりを持てる。それでもいいかね？　津田君」

ええ、と卓也は未練なく頷いた。

「シンジ兄ちゃんは戻ってよ。僕はここに残る」

河田を心配させるまいと、卓也は笑って見せた。

「僕はもう僕の世界に戻りたいと思っていない。それに、今更戻っても以前のようには生きていけないだろう。僕は僕の本性を見てしまったんだから」

「それなら……俺だって真の自分を」

縋るような目で卓也に手を伸ばそうとした河田に、

「違うよ」

卓也は一歩下がって首を振る。

「シンジ兄ちゃんは自分の本性に衝撃を受けたんじゃない。僕に幻滅されたと思ってショックを受けてるだけなんだよ」

河田は惚けた表情で卓也を見返した。

「弟のように思っていた『タク』、つまり僕に『シンジ兄ちゃん』をずっと尊敬していて欲しかったんだよ。それは今の『河田俊一』に残された、最後の聖域だから。タクの中のかつての純粋で善良だったシンジ兄ちゃんさえ穢れなければ、いかに河田俊一が世俗に汚れようと、『タク』に慕われた『シンジ兄ちゃん』が守られれば、それで良かったんだよ」

卓也は穏やかに河田に呼びかけた。

「大丈夫だよ。さっきも言ったよね。僕にとって『シンジ兄ちゃん』は永遠に変わらない。だから安心して『河田俊一』の人生を生きていけばいいよ」

河田は口を開きかけたが、最後の糸が切れたようにがくりと俯いた。

「戻りたくないなら、終わらせることもできるわ」

志保さんや辞めていった家庭教師の人たちのように——幸子はそう続けた。

「戻るか、幕を引くか。あなたが幸せだと思う方を選べばいいわ」

聞こえているのかいないのか、河田に反応はなかった。


俯いた彼の髪から雨の雫がぽつぽつと滴る。それに呼応するように卓也の中から彼に対して抱いていたあらゆる感情が消えていく。

それは自己の世界との決別だった。

遠い昔慕った少年はもういない。作家になる夢を無垢に追っていた自分ももういない。

ひび割れた卵の殻がぽろぽろと剥がれ落ちていくように、あったはずのものが無くなっていく。

何も惜しくはなかった。消失していく自己の世界にも、目の前の彼の行く末にも、もう興味がなくなっていた。

「さよなら、シンジ兄ちゃん」

卓也は河田に形ばかりの別れを告げると立ち上がり、幸子に笑いかけて手を伸べた。

幸子の背中を良江が柔らかく押す。

「……お行きなさい、幸子。いつまでも元気で幸せにね」

佐賀も幸子の肩を名残惜しげに撫でた。

「お前のおかげで私たちは幸せだったよ」

「ありがとう、父様、母様。さよなら」

まるで今生の別れのようだ、と卓也はぼんやり思ったが、伸べた手を幸子が握った瞬間、それも忘れた。

もう何がどうでもいい気がして目を閉じると、五感が急速に闇の中へ溶けていった。

4

どこだろう、ここは。

気がつけば、卓也は酷く蒸し暑く饐えたような悪臭漂う部屋にいた。

狭い部屋の中では男と女が言い争っていた。

――いいから金出せって言ってんだよ！

痩せて顔色の悪い男が、同じくらい痩せた女を殴りつけた。

女が倒れ伏したすぐ傍には幼い女の子が座っていた。幸子だった。

――もうお金なんてないよ！　昨日あんたが家の金全部持っていっちまったじゃないか！

殴られた頬を押さえながら言い返す女を、男は更に殴った。

——ないってんなら、身体売ってでも稼いでくりゃあいいだろうが！

女の瞳に炎が沸き立ち燃え上がる。抑えきれない激しい怒りをそのまま、男にぶつけた。

——ふざけんじゃないよ！　なんであたしがそこまでしなきゃなんないのよ！　ホントならあたしは

男は女の話を遮るように怒鳴る。

——またその話か！　元は金持ちのお嬢様だったってんだろ！　それがどうした！　今は場末のホステスじゃねえか！　前の店じゃ陰で客を取って稼いでたんだろ！　俺が知らねえと思ってたのかよ！　グダグダ言ってないで、金稼いでくりゃあいいんだよ！

女はものすごい形相を浮かべて男の頬を叩き、台所へ走る。激怒した男が追っていった直後，叫び声が上がった。

腹を血で染め、男が後ずさりする。

女が血塗れの包丁を振りかざしながら、喘ぐように怒鳴った。

——そうなの！　あんたにとってあたしは、どんなに身体が汚れようと、金さえ稼いでくればいいだけの女だったの！

女は奇声を上げて、男にぶつかっていった。壁に、天井に鮮血が飛び散る。

幸子は——そこにいた。

泣きもせず、怯えもせず、無表情のまま成り行きを見守っていた。

刺された男は残る力を振り絞って女から包丁を奪うと、女の胸を突いた。女が声も上げずその場に倒れると、男はそれでも女から逃れようと玄関に向かい、そこで力尽きた。

——さ……ちこ

女は初めて娘の名を呼んだ。が、幸子は身じろぎもしなかった。

——おいで……幸子。お母ちゃんと……い……しょに……天国へ

女は渾身の力で胸に刺さった包丁を抜くと、持ち替えた。両親共に死んだ後、娘が一人残るのを不憫に思ったのか、最初から娘も道連れにするつもりだったのか、どちらにせよ母は娘を死に誘うために名を呼び続けていた。

幸子は何の感情も読み取れない顔で、血塗れの母を見つめていたが、やがて飽きたように顔を逸らした。それを見た母は苦い笑みを浮かべる。

——ああ……そう……なの……や……はり……あたしを……嫌い……

それきり、女は二度と動かなかった。

夕闇が幕を下ろし、月が空に映える頃になっても蒸し暑さは変わらない。

喉の渇きを覚えたのか、幸子は立ち上がって台所へ行き、水を飲んだ。

微かな呻き声が聞こえたのはその時だった。幸子はまず母親を振り返り、次いで父親の方へ視線を転じた。

呻き声の主は父だった。腹を二箇所刺されながらも、かろうじて命をこの世につないでいた。近

づく娘の気配を感じ取ったのか、弱々しい声で哀願する。

――幸子……頼む……誰か……呼んで……

窓から月の光がわずかに差し込むだけの暗い部屋で、父は五歳のわが子がどんな表情で立っているのか分かっただろうか。

幸子は――笑っていた。血の海に倒れ伏す両親の間で、静かに笑っていた。

卓也は幸子に語りかけてみる。

（助けてあげないの？　誰か呼んできてあげないの？）

幸子は首を振る。

（どうして？　今ならまだ、お父さん助かるかもしれないよ？）

（もしたすかったら）

幸子は初めて言葉を返した。

（こんどはきっと、あたしがころすわ）

父の呻き声が徐々に弱く小さくなっていく。

（しんで！　しんで！　しんで！　死んで！　あんたなんか死ねばいいのよ！　二人とも死ねばいいのよ！）

幸子の心が洪水となって卓也の意識へ押し寄せてくる。

幸子の未熟な言語では表現しきれなかった全てが、卓也の持つ語彙を借りて翻訳される。

何かにつけて暴力をふるい金をせびる父。

そんな男と別れられない母。

怒鳴り声と泣き声の中で幸子は育った。

空腹と悪臭と暑さと寒さしか知らなかった。

豊かさや優しさや微笑がこの世にあるとは信じられなかった。

そんなもの何一つ与えられずに生きてきた。


黒い憎悪が幸子を包んでいく。

幼い故に純粋で強く濃く深い闇。

血の匂いでむせ返る部屋の中で、幸子の負の感情が生き物のように急速に膨れ上がり、同時に月の光にも似た淡い輝きも巨大化する。


(幸せに、なりたい)


漆黒の意識に幸子の希望が織り交ざっていく。

しかし『幸せ』という言葉は知っていても、それがどんなものであるかを知らない少女は、いつか母が気まぐれに機嫌良く語った自分の子供時代の思い出話をモデルに、夢を形付けてしまった。

海岸沿いの大きな屋敷で両親と――

（豊かで優しい両親と）

家に居た使用人たちにも大事にされて――

（周りにいる人たちに守り愛されて）

子供の頃はずっと――

（永遠に大人にならないで）

幸せに暮らしていたの――

（幸せに暮らしたい）


うねる憎悪と希望。

お互いせめぎ合い、融合しながら一つの形を成していく。

一本の太い幹から枝分かれした木が分裂し、増殖を繰り返しながら幸子を取り巻く森となっていく。


精神の闇の森だ。


卓也は知らず知らずの内に泣いていた。

幸子の生い立ちへの同情からでも、歪んでいく心を哀れに思ったからでもない。

一筋の光も射さないこの森が、心底安堵できる場所に感じたからだ。
ようやく自分の居場所を見つけた歓喜で泣いているのだった。
――さっちゃん、いいもの見つけたよ
四葉のクローバーを差し出したのは僕だ。受け取った幸子。
君の幸せは僕の幸せ。
同じ闇を抱える者同士、これから二人、ずっとこの森で……。

5

気がつくと、卓也は森と庭の境近くから佐賀の家を眺めいていた。

玄関には救急車が停まっていた。家の中から救急隊員が担架を担いで出てきたのに続いて良江が隊員に支えられて姿を現し、救急車に乗り込んだ。

派手なサイレンを鳴らしながら救急車が走り去る。

「まさか……先生が倒れたのか？」

「そう」

独り言のつもりの呟きに返答があり、驚いて振り返ると幸子がいた。

「でも……先生は今まで森の中で僕たちと話をしていたはず……」

「あれはもう一人の父様」

「……？　もう一人のって」

「父様の願望が実体化したものなの。父様は一つも依頼を断らず仕事をしたくて、でも仕事の量に身体が追いつかなくて、この悩みを解決したい意識が分身を作り出したの」

「先生の……分身？」

「鏡に映った自分が、違うことを考えて行動するようなものよ。一人の人間の意識と記憶を共有するもう一つの仮の肉体だから、エッセイを書いている間に幻想小説も書ける。その分たくさん仕事ができるって、木下さんたちも喜んでた」

「木下さんたちも全て承知か……」

そうだ、考えてみれば『幸子の世界』に関わって平気な人間が何も知らない訳がない。彼らもまた、精神の闇の森を超えた者たちなのだ。木下の涼しげな顔と野上の温厚な顔の陰にはどんな闇が潜んでいたのか、卓也には想像もつかなかった。

「あの人たちも……もう自分の世界を失ってしまった人たちだったんだね」

「ええ、あの人たちは私の世界を支えるという点、つまり父様のサポートすることだけでしか他の世界と触れ合えない。他人に存在は認識されても、感情を伴っての記憶はされない者よ。そしてあの人たちの方も他者に対して、深く関わりを持とうとする意思はない」

認識はされても意識されない存在。

言葉にすれば随分孤独なようで気の毒に思うかもしれないが、しかし大抵の人間はある意味それに当てはまる。人は日常でそれほど他人を深く意識しては生きていないからだ。

毎日の暮らしの中で、たまたま立ち寄ったコンビニの店員に対して家族構成を知りたいなどとは考えないし、工事現場で交通整理をしている作業員に支持政党を聞こうとは思わない。たとえ同僚であろうと、同じ趣味仲間であろうと、自分に都合のいい一点で話さえ通じればそれで良く、大抵の人間はそうやって他者を風景の一部のように流し見て生きている。

他人にとって背景でしかなくなった自分を、木下たちは特に不幸とは考えないだろう。そもそも幸子の世界で生きる彼らの幸、不幸の基準は、幸子が幸せであるか否かにしかないのだ。

「これからあの人たちは先生をサポートするわ。先生が幸せなら私も幸せになれるから。私の世界にいる人はみんな、私を幸せにするためにいるの。庭師の末吉もそう。あれも父様の分身よ。押し寄せてくる仕事から逃れて、のんびり趣味の庭いじりがしたいっていう父様の現れだったのだけど、花壇に色んなお花を咲かせて私を喜ばせてくれたわ」

「……じゃあ、もしかしてあのお手伝いさんも」

「そうよ。あれは母様の分身。身体が弱くて思うように家事ができない母様の願望だったの。どのお料理もおいしくて、毎回ご飯が楽しみだった」

だった？　過去形の言い方が引っかかる。

それを問うより先に、視線の端に紅い熱さを感じて佐賀邸を振り返った。

家が、燃えていた。

「――あ」

白い洋館を紅過ぎる炎が包み込んでいた。

花壇にも砂場にも飛び火して、炎は広がりながらその身を躍らせる。

「もうあの家には用がないから、燃やして終わりにするの」

「用がないって……佐賀先生たちは？」

「父様は脳溢血であのまま死ぬわ。母様も同時に心不全を起こして死ぬ。私の次の保護者が決まったら、苦しまず二人一緒に死なせる約束だったの。だからもうあの家には住む人はいない」


炎と共に全てを葬り去るのか。

その潔さが悲しく美しい。

自分もいつか幸子と別れる日を迎えたら、同じように一切を灰にしてもらいたい。

別れた後、幸子が自分を思い出して悲しまないように。


「……佐賀先生たちは何を見たんだ」

文字通り、生きるも死ぬも一緒だった二人。

「あの人たちの見た心の闇って何だったんだ」

聞いておきたかった。あれだけの大作家と母性にあふれた女性の闇の部分を。

「あの人たちはね、昔暮らしに行き詰まって心中しかけた時、自分のエゴを見たの」

幸子の両親が死んだ夜、佐賀たちも生きるのに疲れ果てて二人で死のうと山の中にいた。

しかし結局は死に切れずおめおめと家に戻り、幸子の家の惨劇を発見したのだった。

あの日、ぎりぎりで心中を思い止まってしまったが故に、佐賀たちは幸子に深く関わり、真の自分の心と向き合うことになる。

佐賀は、良江の首を絞めようとしてふと考えてしまったのだ。身体が弱くて働けないのを言い訳にして自分に縋るばかりの良江をここで殺して逃げれば、自分一人の生活くらいなら何とか立て直せるのではないか、と。

そして良江も、同じ瞬間に沸き上がったものを見てしまった。夢ばかり追ってまともに働かず、果てに一緒に死んでくれと泣くような女々しい男とここで人生を終えるのは嫌だ、という自分を。

愛だけが頼りだった二人が見せつけ合った剝き出しのエゴは、急速に気持ちを萎えさせた。結局、死ぬことさえできなかったという失意が上乗せされただけだった。

「両親の事件の後、病院に収容された私を、二人は頻繁に見舞ってくれたわ。でもそれは決して親切心や同情なんかじゃない。両親が死んで引き取ってくれる人もいない不憫な私を気にかけるふりで、先行きの見通せない生活の不安や、お互いの中に見つけてしまった醜悪な感情から目を逸らそうとしたのよ」

そんな二人だからこそ、容易く私の世界に呑み込まれてくれたと、幸子は表情もなく呟いた。

「自分たちの心の闇に、打ちのめされたばかりだったから」

身寄りもなく、お互いの愛情だけを支えに生きてきたと信じていた二人にとって、極限で垣間見た己の真意は暗黒そのものだった。しかし二人はお互いの全てを許し合い、受け入れ、幸子のいる森の中心に辿り着いた。

ああ、そうか。

今ならこの上ない実感を伴って理解できる。佐賀の描く幻想小説は、彼の生きていた世界の言語化だったのだ。ありえないものがあり得るものとして存在するリアリティーは、彼になら書けたはずだ。佐賀は実在にして架空の世界に生きた人間だったのだから。

ならば、自分にも書ける。

――佐賀芳文のような小説家になりたい

少年時代から憧れ続けた高みへ。

辿り着けるのだ。

6

館を包む炎を見守りながら、もう一つできれば知りたかったことを卓也は尋ねた。

「さっちゃん……高須賀って女の人がここに来なかった？」

「来たわ」

幸子はあっさり頷いた。

やはり真知子はここへ来たのか。そしてこの森で……。

「……どうして彼女は……」

いつも自信に満ち溢れて強く見えた真知子の、意外なほど脆かった部分とは何だったのだろう。

幸子の答えはシンプルだった。

「自分の子供を殺したからよ」

真知子は篠沢と付き合い始めた頃、女友達とグァム旅行へ行き、そこで真知子たちと同じように男友達だけで遊びに来たグループと知り合った。開放的な旅先での雰囲気に気分も舞い上がり、その中の一人とその場限りの恋愛をした。本名も連絡先も聞かない、本当の行きずりの恋だった。

その後妊娠に気づいた時、産むという選択肢はなかった。子供の父親が篠沢かグァムで遊んだ男か、分からなかったからだ。

真知子は考えた末、篠沢に子供ができたと打ち明けた。

篠沢と結婚したかったからではない。彼は恋人として付き合うにはいいが、結婚相手として選びたい人物ではなかった。多分それは彼の方も同じで、自分の他にも付き合っている女性がいる彼なら、中絶を勧めて費用を出してくれるだろうと思ったのだ。彼との付き合いはそれで終わりになるだろうけれど、それも仕方ないと諦められる程度の愛情だった。

しかし、予想に反して篠沢は真知子の妊娠を手放しで喜び、プロポーズしてきた。その場で断るには彼の経済力は魅力的過ぎた。

プロポーズを受けても、気難しいとの噂の母親が賛成するはずがない。反対されればそれを口実に自ら身を引くように装えるし、交渉次第では堕胎費用にプラスして手切れ金がもらえるかもしれない。

しかし、真知子の目論見通りにはいかなかった。

――まあ。赤ちゃんが？　なら、急いで式を挙げないと。大丈夫よ、全部私に任せなさい。真知子さんは身体を大事にして、元気な赤ちゃんを産んでちょうだいね

あっと言う間に結婚式の日取りまで決まってしまった。裕福な家の御曹司との結婚に喜ぶ両親。羨望の眼差しで祝福してくれる友人たち。真知子は中絶を言い出せないまま、結婚した。

日に日にお腹の子供は育つ。

篠沢の母が是が非でも跡継ぎの男の子をと言うプレッシャーなど、さほど問題には思わなかった。もし女の子が生まれても、次に男の子を産めばいいのだから。篠沢が他の女性と相変わらず付き合っているのも大して気にならなかった。正式に籍を入れた今、妻は自分だ。彼の態度が冷たくなった訳ではないし、もし彼の不実でトラブルが起きた時には法律が味方してくれる。

それよりも――もしこの子が篠沢の子供でなかったら。確率は二分の一。どちらの子であろうと。篠沢の子と言い通せばいい、とも考えた。が、生まれた子が全く篠沢に似ていなかったら。自分にも似ていなかったとしたら。

その不安を更に大きく波立たせたのは、篠沢との会話の中で出た血液型の話だった。

――真知子もB型だったのか

――あなたもB型なの？

――ああ、僕も母も、B型なんだ

グァムで付き合った男の血液型なんか知らない。日本人の血液型の割合で考えればB型の確率は

低い。子供の血液型がA型やAB型だったら……。

自分の名誉も、豪華な家も、カードの残高を気にせず買い物できる暮らしも、全部失ってしまう。

それなら流産してしまえばいい。

真知子は周囲に姑からのプレッシャーによる心労を吹聴しながら、インターネットで怪しげな薬を手に入れた。

――いらない！　私の人生を脅かす子供なんていらない！

けれど、結局彼女は人生そのものを失った。


「あの人は、その時々の対処は賢くできたかもしれないけれど、それに付いてくる結果の陰を背負えるほど強くはなかったのよ。自分で流産するようにしたくせに、その時の自分の姿を見ただけで、あっけなく精神が崩壊して死を選んだわ」

彼女が強かったのは光の世界でのみ。闇に対しては全く耐性がなかったのだ。

「あのやくざな人も同じ。強そうに見えても中身は脆かった。実の妹への恋情を認められなくて簡単に潰れてしまった。あの人は日陰にいることはできても、闇の中にはいられなかったの」

彼女はため息をつく。

「私と一緒にいてくれるなら、私が見た闇と同じ深さに身を沈められる人でなくちゃならない。私の声は普通の人には届かない。自分の心の闇に迷う人にだけ、聞こえる。たくさんの人が父様たちの後継者候補として来たけど、ほとんどの人は私の声を聞いてくれなかった。やっと声が届いたと思ったら、自己の闇を背負いきれずに崩れていってしまった」

寂しげな幸子の足元から、柔らかな緑色がゆっくりと広がる。広がっていきながらその中に小さな白色を灯す花がいくつも咲いていく。

シロツメ草の花に囲まれ、幸子は極上の笑みを見せた。

「先生だけだったわ、壊れずに私と向き合ってくれたのは」

眩暈——炎が渦巻く眩暈を感じる。

これはいつかの夢の続き、悪夢の中のできごとなのだろうか。それとも。

「現実よ。目の前に見えているものだけが、触れられるものだけが常に現実。見えなくなるほど離れてしまえば、親も恋人も友人も異世界の人々。触れられないものは全て異世界のもの」

トキの言葉を思い出す。

——『現実』とはその人間が認めて受け入れた情報

ならば、永遠に少女のままの幸子も現実。

佐賀に代わって一生彼女を守って暮らすのもまた、卓也にとっては紛れもない現実だ。夢も覚めない内は夢だと思わないのと同じように。

森の中にサイレンが鳴り響く。消防車がやってきたのだ。何台もの消防車が列を作って森の狭い道を走ってくる。

暗く色のない森に、館を消し去る炎と消防車だけが鮮やかに色を成している。鎮魂の紅と葬列の紅——遠い昔のあの日の、あの子のスカートと同じ色だ。

「さあ、行きましょう――父様」

幸子がそっと卓也の手を握る。

どこへ、と聞きかけて卓也は、その言葉を飲み込んだ。

場所を問うのは無意味だ。佐賀が言っていたではないか、世界とは地理ではない、と。つまり、幸子がいるところが幸子の世界――卓也の住む世界だ。


幸子に促されて振り返ると、深緑の森が目に映った。

初めて訪れた時、恐れ怯えた森。目を逸らし、ひたすら逃れようとした。今考えると可笑しい。この森は自分の心そのものだったのだから、逃れられるはずもなかったのに。

光と闇は必ず一対。歴代の家庭教師たちも真知子も、何故それが分からなかったのだろう。自分の光の面ばかりを誇り、その光だけが自分の全てと思い込んで、光が背後に作る影を無視した愚か者たち。報いは当然だ。彼らは自分自身を否定したのだから。

坂に上り坂も下り坂もないように、心にも明るい暗いはないのだ。全ては評価する者の都合。そして卓也は評価に関する一切の基準を捨てた。

何者にも囚われない開放感が卓也を包む。これを幸せと言うのだろう。そしてこの幸せは永遠に続くのだ。

幸子の世界にいる限り。

永遠に。

終章

編集部から電話がかかってきたのは、原稿を送った翌日の昼過ぎだった。

「原稿を拝見しました。この話でいいと思います」

「そう言ってもらえると書いた甲斐がありました」

卓也が笑うと担当編集者の沢口も上機嫌の声で答えた。

「恋愛小説の名手と言われている津田先生がホラー小説を書くなんて、ファンは絶対びっくりしますよ。会議でも先生に恋愛以外のジャンルの作品を依頼をするのを反対する者がいたんですが、先生はデビュー後に幻想小説を一作出してますよね。だから絶対いい作品を書いてくださると信じてました」

沢口の言う通り、卓也が今まで書いた小説は確かにほとんどが恋愛物だった。不器用な男女の不器用な恋愛物語が人気を集め、テレビドラマや映画にもなった作品もいくつかある。恋愛小説家になりたかった訳ではないが、デビュー時に書いた恋愛小説で注目され、そのジャンルの仕事が途切れずに来たため無我夢中で書いてきただけだった。が、本が売れない現代において、どんなカテゴリーだろうと物書きだけで生きていけるだけの仕事をもらえるのはありがたいことだ。

今回書いた作品は『通常書いている分野とは違う分野の話を書く』のをコンセプトとして、意外性を話題にして新たな読者を獲得しようという企画で書いたものだった。

「主人公の名前を先生ご自身の名前にするなんてちょっと驚きましたけど、私小説っぽい感じになりましたね」

「ええ、それを狙ってなんですが、いっそ一人称の方が良かったかもしれません。これでは駄目でしょうか」

「いえ、駄目ではないです。とりあえず思うように書いてみてくださいとお願いしたのはこちらなので。でも、この話、現代じゃないですよね。何と言うか、全体的に雰囲気が古い感じがするんですが」

「すみません。僕のデビュー時代を思い返して書いたので……。言われてみればそうですね。確かに古くさいです」

　卓也が自嘲すると沢口は慌てて言い繕った。

「いや、内容がホラーですから、この古、あ、その、えーと……レトロ感、そう、レトロ感が合っていていいかもしれません。なので、今の時代に合わせるよう問題箇所を書き直すより、主人公の回想もののようにするのはどうでしょうか。その方が『看護婦』なんて今は使わない言葉が出ても整合性が出ますし、もっと先生の私小説のように感じさせますから、その線で考えましょう。あと、他の登場人物についてなんですが」

　電話口からメモをめくる音が聞こえた。

「作中に出てくる作家の『佐賀芳文』って、純文学の大家『高賀祥輝（こうがよしてる）』先生がモデルですよね？　編集者も元『高賀番』でうちの社の前社長の『木村孝弘（きむらたかひろ）』とか名編集者として名高かった『野島研二（のじまけんじ）』氏をモデルにしてるって、分かる人には分かります。まあ、分かると言っても出版業界に詳しいファンだけでしょうし、全員もう亡くなってる方ばかりなので変なクレームは来ないとは思うんですが、編集長にも意見を聞いてみます」

あ、そうか、と沢口は不意に気づいたように、笑いを含んだ声で言った。

「津田先生のデビューのきっかけは、行きつけのバーで木村社長と知り合いになったからでしたよね」

世間に向けてのプロフィールはそういうことになっている。

「高賀先生をモデルにしたのは、木村社長の交友関係からの発想だったんですね」

「ええ、そうです」

卓也が高賀祥輝と面識があることは意図的に公表していない。幸子の存在は絶対に秘密にしなければならないから、山中の家に籠もる人嫌いで有名な高賀祥輝と知り合った偽りの訳を考えるより、会ったことがないことにした方が都合が良かったのだ。

木村社長たちと図って卓也のデビューに関してもっともらしい逸話を作り上げ、卓也と高賀祥輝の関わりは隠した。木村社長や野島氏、他の『高賀番』だった者たちもみんな亡くなった今、真実を知る者はいない。

「他にも少し手直しをしていただきたい部分もあるんですが、それはまた改めてご連絡します」

電話が切れると、卓也はほっとため息をついた。公募で第一次選考を突破した時のような気分だった。

懐かしい感覚に、この二十数年、望み通り『作家の人生』を生きさせてもらったことを実感して、改めて幸子に感謝した。

卓也は仕事部屋を出て幸子の部屋に向かった。

「幸子、出版社から返事が来たよ」

ベッドで寝ている幸子に言うと、彼女は目を薄く開けた。

昼寝をしている彼女を起こすのは可哀想に思うのだが、出版社から今回の作品についての返答がきたら、もし眠っていても起こして、どうだったのか聞かせて欲しいと言われていたので。

今回の仕事は幸子の願いを叶えたものだった。

小説家として自分が通常書いている分野と違う依頼が来て、どのようなものを書こうかと思案している時、「この世界のことを書いて欲しい」と頼まれたのだ。幸子が卓也の仕事に口出しするのは初めてのことだった。

「いいのかい?」

卓也が問うと、彼女は頷いた。

「ええ、書いて欲しいの。この世界の全てを」

そして書き上げた小説の評価を今さっき受け取った。

「あの作品、いいと言ってもらえたよ」

「――ほんと？」

まだ目が覚めきらないのか、少しぼんやりした声だった。

「うん、でも、まだ手直ししなきゃいけないところはあるんだけどね」

ストーリーを変えるのではなく、より私小説風にするために最後に回想シーンを書き足すのだと話すと、幸子は大きく息を吐いた。

「良かった。さすが父様だわ。いつも書いている分野とは違うのに」

「実はうまく書けるか、ちょっと不安だったんだけどね」

卓也の言葉に幸子はゆるゆると首を振った。

「父様なら書けると思ってた」

「幸子にそう言ってもらえると嬉しいよ」

目を細めた卓也を幸子はジッと見つめ、

「父様は今、幸せ？　この世界にいることを後悔してない？」

妙に生真面目な顔で聞いてきた。

「勿論、幸せだよ。後悔なんてする訳ない」

卓也は笑顔で即座に断言した。

卓也は幸子の世界の住人だ。幸子の世界を媒介としてでないと他者とは関われない。

過去に自分が構築した人間関係は今はもう皆無だった。

両親は卓也の最初の本が出版された頃、義母の母親の介護のため遠く離れた土地に引っ越していった。母親の死後は、共に介護していた義母の妹夫婦と共に海外に家を買って「四人で住む」と移住していった。今では年に一度電話があるくらいで、物理的にも精神的にも遠く離れた関係になってしまった。

友人と呼べる人間も一人もいない。デビュー後に携帯電話の番号を変えた時、それまで登録してあった連絡先は全て消去したので、過去に付き合いがあった人間とはそれで完全に縁が切れた。

今の仕事関係の人間にしても、付き合いは最低限だ。高賀の時代は原稿を取りに来るなど編集者と直接会う機会も多く、そのため付き合いも密だったのだろうが、今は原稿はメールで送れるし、打ち合わせも電話で済む。四年ほど前に担当編集者が今の沢口に変わったが、出版社のある東京から離れた場所に住んでいたため、前任者と引き継ぎを兼ねての最初の顔合わせはビデオ通信で、未だに実際に会ったことはない。以後仕事の打ち合わせはEメールと電話であるが、特に不都合なことはなかった。

こちらに必要以上に親しくなりたいという意志がなければ、相手の方もそのスタンスを取る。沢口だけでなく、歴代の担当編集者とも仕事以外でのつながりは皆無だった。

幸子の世界へ足を踏み入れる者は、卓也が保護者になってからは一人もいない。この世界はずっと幸子と卓也の二人きりだった。幸子と食事し、幸子と語らい、黙々と小説を書く日々。本当に幸せな世界だ。

「幸子がいて、小説を書ける。僕にとってこれ以上幸せな世界はないよ」

「……ありがとう、父様。私も父様といられて幸せよ」

そう言って微笑み、目を閉じるとまた眠りに落ちていった。

穏やかな幸子の寝顔を見ながらふと卓也は思う。

もしかしたら自分は『幸子の世界』を書くために幸子に選ばれたのではないかと。

もしそうなら、誇らしい。高賀氏が書けなかったものを自分が書けたのだから。目指してきた高みに、ようやく手が届いた気がした。

それは幸子の精神の闇の森で自分の居場所を見つけた時の歓喜と等しく、この作品をもっといいものにして幸子に喜んでもらいたくて、卓也は改稿のため仕事部屋に戻った。

仕事部屋に使っている二階の部屋のドアを開ける。カーテンが開いたままの窓の外は小雨が降っていて、部屋の中は昼間だというのに薄暗かった。

窓辺に寄って視線を下げると雨を透かして穏やかな瀬戸内海が見える。

一年ほど前から住んでいるこの家は、四国の松山市の郊外の海沿いにある、元は釣り客相手の民宿だった。

山肌を背にして周りを山の木々に囲われた高台にある、夫婦と成人した息子二人とで釣宿を営んでいたという二階建ての洋風の家は、泊まり客が騒いでも苦情は来ないだろうと思えるくらい近くには人家がない。

広めの庭先から続く坂道を下り国道を横断すれば、小さな船溜まりのある海に出る。かつては宿の主が釣り客を自分の船に乗せて、沖の釣りポイントに案内したのだろう。しかし今はもう船はなく、崩れかけた粗末な桟橋が波に揺れるばかりだ。

民宿は常連客もいて経営には問題なかった。が、何が原因かは知らないがある時から夫婦仲が悪くなり、離婚を機に廃業したらしい。

夫婦の知り合いの不動産屋が家を買い取り、引き続いて民宿をやる買い手を捜したが見つからず空き家になっていたのを、元の民宿を度々利用していた出版社の社員の口利きで卓也が借りたのだった。

『母の故郷の、海の見える家に住んでみたい』

幸子がそう言ったから。

卓也は彼女が実母を思慕するようなことを言うのに、内心酷く驚いた。

実の両親との関係が悪かった彼女の生い立ちを知っているので、彼女は未だに両親を恨んでいるのだと思っていた。事実、彼女と暮らし始めてから一度も両親の話が彼女の口から出たことはない。どういう心境の変化なのか分からないが、もしかしたら時を経て悪感情が薄まり、母親の方にだけでも追慕する気持ちが生まれたのかもしれない。

卓也は燃えさかる高賀邸から幸子と去る時、山道の途中の、待避場所として使える少し広い路肩に駐めてあった河田の車の中から置き忘れていた自分の鞄と、幸子につながりかねない河田の集めた調査資料を全て持ち出していた。

資料の中に、幸子の両親の事件を扱った警察官から聞き書きしたメモがあった。

それによると、母親の戸籍情報までは判明していたようだが、メモには愛媛県松山市であると書かれているだけだった。元は網元の娘で、父親が人に騙されて膨大な借金を背負い、一家で夜逃げした十二歳頃までは、裕福な家のお嬢様として育ったらしい。

その時代の話を幸子は何度か聞かされていたという。その淡い記憶が、何かの拍子に不意に甦ったのだろうが、幼かった彼女が覚えているのは母から聞いた断片的な風景の描写だけだった。

河田の調査の時点で五十年以上、今からなら七十年以上前のことを卓也が調べる手立てはなかった。

それでも、かつて幸子の母が眺めた海とつながっているはずの海が見えるこの家を見つけ、居を構えた。

ここに越してから、彼女は二階の自分の部屋から海を眺めるのが毎日の日課になっていた。海岸に下りて貝殻やシーグラスを拾ったりもしたが、今は部屋から見える海の風景を絵に描くことに夢中になっていた。


卓也もまた、自室からよく海を眺めた。

松山市は天守閣が現存する城が残る城山を中心にして街が広がる中核都市で、市内を私鉄の電車が走り、どこかのんびりした雰囲気の穏やかな街だった。瀬戸内の海も街と似て、荒れることが少ない。天気が良ければ点在する大小の島々が絵画のように美しく見える。特に夕日が凪いだ海に映る情景が素晴しかった。

松山市の隣の伊予市双海町には、海の間近にあって夕焼けの美しさを堪能できるＪＲの下灘駅という無人駅がある。映画やＣＭに起用された有名な駅だ。この家の二階から眺める景色はそれに勝るとも劣らない。自作品の舞台として利用したほどだった。

だからと言って海が好きな訳ではない。小説を書く素材として気に入っているだけだ。

仕事をする机は海側とは逆の山側の窓脇に置いている。その窓から見えるのは、雑木が繁るだけの山の斜面。密集する木々に圧迫感すら感じる景色だが、仕事をする時だけはそれが良かった。森の中にいるようで、心を落ち着かせてくれるから。

自分の心身は森の中に囚われている。卓也はそれを心から幸せだと感じていた。

真夜中、雨の音に幸子は目を覚ました。

激しい雨音に、起き上がって窓から外の様子を見たかったが、身体が重く思うように動かない。少し息苦しく、寝返りを打つのもしんどかった。卓也は気づいていないようだが、幸子はこの家に引っ越す前頃から、時々強い倦怠感を感じるようになっていた。

更にはこの半年間で急激に体力が衰えた。家の階段の上り下りさえ難儀に感じ始めたので、最近は部屋の窓から見える風景を絵に描くことに凝っているふりをして、ずっと部屋で過ごしている。

見た目は童女でも実年齢は七十歳を超えていて、体内は順当に老いているらしい。

それを卓也に告げようとは思わなかった。言ったところで卓也にはどうしようもないことだからだ。

幸子が子供の姿であるせいか、卓也は幸子が自分より先に死ぬとは欠片も思っていない。幸子自身、自分はいつまでもこのまま生きるのだろうと思っていた。

しかしそれは間違いだったと分かった。

緩やかに死が近づいて来ているのを感じる。

多分、本当は両親が死んだ日に自分も一緒に死んでいたのだ。それが何か歪んだ力で、閉じられた世界の中だけで生き延びることができた。でも、もうそれも限界になったのだろう。

今度こそ本当に死ぬのだ、と幸子は一人微笑んだ。

嬉しい。

私は永遠に生きる化け物じゃなかった。

他の人と同じように、時が来れば死ぬ生き物だったのが嬉しい。

ここに引っ越してきたのは、終の棲家を母の故郷にするためだったのかもしれない。

何十年も、思い出しもしなかった実母。すでに顔の記憶さえ曖昧だ。

しかし人生の末期を迎えて、心の一番の奥底にわずかに残されていた『実の母に甘えることができなかった寂しさ』が母とのつながりを欲しがり、故郷へと向かわせた——そんな気がする。

最近よく同じ夢を見る。

夢の中で幸子はいつも森の中に立っている。

森の向こうには穏やかな夕暮れの海が広がっている。

できるならばあの海で死にたい。人魚姫のように、泡になって消えたい。夢の中で毎回そう願う。

夢を見る度、自分の立ち位置が海に近づいていた。そして幸子はそこで必ず一人きりだ。卓也はいない。

卓也がいないことに幸子は疑問も不満も不安も持たなかった。

ずっと子供の姿のままであった自分。子供であるが故に、自立することはない。だから死によって『保護者』から離れるのが、幸子にとっての自立だ。

自立の日——幸子の死でこの世界は終わるだろう。

そうなれば、自分の世界がすでに失われている卓也は誰とも意思の疎通ができず、誰にも理解されず、世間から見れば『狂った孤独な人間』となる。

狂人として一人残される卓也は憐れだろうが、幸子に卓也への同情心はない。卓也は全てを納得の上でこの世界に来てくれたのだから。自分がいなくなった後のことまで責任を取る気はなかった。

高賀夫妻のように卓也の人生を終わらせることもできる。が、幸子は卓也には生き続けて欲しかった。

卓也が書いてくれた小説は、確かに幸子が存在した証になった。だから卓也にはその証人として生き続けてもらいたい。

生きて、忘れないでいてもらいたいのだ。

睡魔が幸子の意識を溶かし始めた。

抗わず眠りに落ちていく幸子の脳裏に、不意に過去の情景が浮かんだ。

高賀邸の庭の一画に群生していた白詰草。

そこで卓也が四葉を見つけて幸子にくれた。持っていると幸せになれると言って。

もう一つ、卓也からプレゼントされた熊のぬいぐるみのマロンを思い出す。

四葉もマロンも高賀邸と共に燃えてしまったが、四葉は卓也がもう一度どこかから見つけてきてプレゼントしてくれた。今は卓也がレジン作家に依頼してペンダントヘッドにしてくれたので、銀の鎖に通して大事に宝箱にしまってある。

マロンの方はアミューズメント景品だったので同じ物は手に入らなかったが、卓也がよく似たぬいぐるみを探し出し、買ってくれた。二代目マロンはそれからずっと幸子の兄弟のように傍にいる。

明日からずっとあのペンダントをつけていよう。命が終わる時に身につけていた物なら、きっとあの世にも持って行けるだろう。あの世でも幸せになりたいから、あの四葉を持って行く。

二代目マロンはこの世に残す。卓也への形見だ。自分の代わりに卓也を最後まで見守ることを願う。

胸元に四葉のペンダントヘッドを輝かせながら、森から出て海に向かう――そんな自分を想像しながら、幸子は二代目マロンを抱いて眠る。

その寝顔はいつもと変わらず幸せに満ちていた。


真夜中、改稿作業に没頭していた卓也は、雨の音に気づいて視線をパソコン画面から窓へ移した。カーテンを開けて外を見てみようかと思ったが、雨音は激しいが風はないようなので、再び視線をパソコン画面に戻す。しかし一度途切れた集中力は回復しなかった。

疲れて思考も鈍ってきていたため、今夜はここで改稿作業を止めることにした。

書き直した原稿をパソコン内のフォルダに保存して、電源を切る。

ずっと同じ姿勢でいた身体を解すため大きく伸びをする。長時間パソコンで仕事をしていると目と腰に負担を感じるようになっていた。

卓也はもう五十代だ。今のところ一応健康で身体に不安要素はないが、年老いていくのは間違いない。今の卓也より一回り以上上の年齢になっても精力的に仕事していた高賀を思い出し、同時に将来についての懸念が頭に浮かんできた。

この先、いつまで『幸子の保護者』でいられるのか。

前任の高賀は十五年も探し続けた。それを考えると、そろそろ次の『幸子の保護者』を探し始めなければならない時期に来ているかもしれない。高賀は娘の家庭教師の募集と偽って人を集めたが、卓也はこの家を買い取ってルームシェアの募集としてやってみようかと考えた。

『幸子の世界』に住める、という条件での人探しは簡単にはいかないだろう。『幸子の世界』に触れる者は自己の心の闇を見ることになり、精神が壊れてしまう者もいる。しかし幸子の幸せのためなのだから、何人が自己の闇に呑まれていこうとも、見つかるまで探し続けるつもりだ。

その代わりに幸子を幸せにしてくれる人が見つかれば、将来への援助は惜しまない。財産でも人脈でも、自分が持てるものを全て幸子とその人ために使うと卓也は決めている。

かつて高賀がしてくれたように。

幸子が笑顔になれるならどんな苦労も厭わない。

幸子を幸せにしたいと考える時、卓也は途方もない幸福感に満たされる。

卓也にとって幸子は絶対者だった。

そして自分だけが幸子を幸せにできる。

自分の全ての思考、言動は幸子のためにあるのだ。

そんな自分を誇らしく思っている。

それでも幸子と別れる日はいつか必ず来る。

覚悟はしているが、できれば作家として現役のまま死にたいと願っている。

次の保護者が決まれば、高賀夫妻のように潔くこの世から去るつもりだ。

できるだけ速やかに、穏やかに。

その時少しでも幸子は悲しんでくれるだろうか。

幸子はずっと幸せをくれた。
人生の最期の時も、きっと望む幸せをくれるだろう。
これから先も続く幸福の果てにある幸福を享受する日。
寂しくもあるが楽しみでもある。

幸子との別れを――甘美な死を想像し、卓也は恍惚とした微笑みを浮かべた。

千年砂漠（せんねん さばく）

１９６２年生まれ。愛媛県在住。ウェブ等で執筆活動を続け、２０２２年に本作にて「第二回ステキブンゲイ大賞」準大賞を受賞し、改稿を経た本書でデビュー。「諦めず歩き続けること。それが『明日の夢』に辿り着くただ一つの方法だから、私は今日も歩きます」

幸福の森

2024年7月31日　初版第1刷発行

著　　者　千年砂漠
発 行 人　中村 航
発 行 所　ステキブックス
https://sutekibooks.com/
発 売 元　星雲社（共同出版社・流通責任出版社）
住所：〒112-0005 東京都文京区水道1-3-30
電話：03-3868-3275
印刷・製本　シナノ書籍印刷株式会社

Printed in Japan
ISBN978-4-434-34282-0
C0093

本書は、小説投稿サイト「ステキブンゲイ」に掲載されたものに加筆し、訂正を加えたものです。
https://sutekibungei.com/